U0520159

蛇结

*Le Nœud
de vipères*

François Mauriac

[法] 弗朗索瓦·莫里亚克 著

顾琪静 译

四川文艺出版社

果麦文化 出品

目录

001　第一部分
119　第二部分

222　于贝尔写给热娜维耶芙的信
230　雅妮娜写给于贝尔的信

这个与家人为敌之人，这颗裹挟着仇恨与吝啬的心，尽管十分可耻，我仍渴望他能得到您的同情，牵动您的心绪。他的一生阴郁黯淡，纵使眼前偶现一线光明，几欲被点亮，阴暗的情绪仍会悄然将其焚尽。正是这些情绪……但首先要归咎于那些庸俗的基督教徒，他们时刻窥伺着他，却也因他而苦不堪言。世上有多少人因厌恶这样的背德之人而歪曲真理，经由他们之手，真理早已黯然失色。

不，这个悭吝人钟爱的并非身外之物，这个疯子寤寐求之的也并非报仇雪恨。若您有力量和勇气倾听这段被死神打断的临终自白，对于他内心深处的真正所求，定能豁然开朗。

第一部分

PREMIÈRE PARTIE

1

在我保险箱里的一堆证券上面发现这封信的时候，你必定大吃一惊。我本应把它交给公证人，让他在我死后再交于你，要不然就把它放在办公桌的抽屉里，这样做也许更好。可若是这么做了，在我尸骨未寒之际，孩子们就会迫不及待地撬开这个抽屉。这封信在我脑海中已反复推敲多年。无数个辗转难眠的夜晚，我想象着它被放在保险箱的隔板上：一个空荡荡的保险箱，一目了然，除了这封信，里面一无所有。这就是我筹谋了半个世纪的报复。放心吧，当然眼下你已宽心，因为证券都在这儿。我仿佛能听到你刚从银行回来，就在门廊处迫不及待地呼喊。是的，我仿若听到你的声音穿透丧期的黑纱，朝着孩子们而去："证券都在这儿呢！"

可它们差点儿就不在了，我早已采取行动。只要我愿意，除去这栋宅邸和一些地皮，你们将一无所获。有生之年我能放下仇恨，算你们走运。长久以来，我觉得恨意是我身上最澎湃的情感。可今时今日，这种感觉已然沉没。我老了，很难想象不久前我还是个恼羞成怒的病人，那时的我彻夜难眠，不是为了酝酿如何复仇（这颗复仇的"定时炸弹"已被精准埋下，对此我颇为自得），而是想方设法从中汲取快乐。我也曾想活着见证你们从银行归家的嘴脸，此中关键在于不能过早授权你们打开保险箱。只有在恰到好处的时间点，才能让我享用最后的生趣——听到你们绝望地诘问："证券都在哪里？"濒死的痛苦都无法抹灭这份愉悦。没错，我就是如此奸猾之人。可我并非生来丑恶，为何走到了今天这一步呢？

四点了，我午饭的餐盘和脏碟还堆在桌上，招来不少苍蝇。我按响了铃，却无人回应。乡下的按铃向来是摆设。我在这间卧室里心平气和地等待。我曾在这里成长，也终将在这里死去。若到了那一天，我们的女儿热娜维耶芙的第一个念头便是为自己的孩子争取这个卧室。我确实独占着这个朝向最好，也最宽敞的房间。可谁也不能否认，我不是没提过把这里让给她。若不是拉卡兹医生担忧一楼潮湿的空气对支气管有害，我早就搬了。(我的一生在牺牲中度过,这些回忆侵蚀着我。经年累月之下,心中的怨怼早已破土而出,成了一株遮天蔽日的树。)

家人间的龃龉不和算是我的家族遗传。我的母亲常提起我的父亲,说他与父母也常拌嘴;我的祖父母与自己的女儿更是翻脸决裂了三十年,老死不相往来。我那位姑母后来去了马赛落脚,我从未见过她的孩子——我的那几位表亲。虽然不清楚父辈间究竟有何仇怨,但我们都相信这些恩怨并非空穴来风。即便在路上巧遇哪个马赛表亲,我也会选择漠视。我们可以无视远亲,但这一招对自己的妻儿却行不通。这世上自然不乏和睦的家庭,但也有无数水火不容的夫妻,他们每日围着同一张桌子吃饭,在同一处盥洗,甚至同床异梦。即便这样也鲜少有人离婚,真是怪事!明明相看两生厌,却还要生活在同一个屋檐下,避无可避……

我何来的激情在生日这一天提笔呢?今天,我迈入了六十八岁,但除我以外,无人知晓。相较之下,热娜维耶芙、于贝尔以及他们的子女,无论任何人在生日时都会收到蛋糕、蜡烛和鲜花……这些年来,我从未送你任何形式的生日礼物,并非我忘了,只是为了报复。只要……我在生日那天收到的最后一束花来自我可怜的母亲,是她用苍老变形的手亲自摘来的。那是最后一次她不顾心脏病,拖着蹒跚的步伐,来到玫瑰花径……

我写到哪里了?对了,写到你会纳闷为何我会突然掀起提笔的狂澜。"狂澜"这词用得恰如其分。从我这仿若西风吹折的松枝般歪斜的字迹上,你也可以看出我的心绪。听好了:最初那个旷久酝酿的复仇计划我已放弃,可在你身上,还有一样东西我渴望征服,那便是你的沉默。理解我的意思吧!事实上,你口齿伶俐,就家禽和菜圃那点事儿也能跟卡佐侃侃而谈好几个小时,对着子女和孙辈,更能整日絮絮叨叨说傻话。而我呢?离开饭桌后,我的头脑就一片空白,手头的案子与心头的郁结一齐折磨着我,却无人可以倾诉。尤其是在维尔纳夫那起案件后,我一举成名,如新闻报道所说,我成了一位颇负盛名的刑事辩护律师。我越发目中无人,你也越发不把我放在眼里……可这不是我报仇的缘由,我想要报复的是你的另一种默然:在面对我们的婚姻生活和深层矛盾时,你那倔强的沉默。看了那么多戏剧和小说,我也曾无数次探问,生活里是否真的存在那样的情人和妻子——她们常常"无理取闹",却愿意对另一半敞开心扉,倾诉衷肠。

在我们貌合神离的四十年里,只要聊得略为深入,你就避而不谈，轻松转移了话题。有很长一段时间，我认为这不过是你逃避我的把戏，是你处心积虑的招数。直至有一天我发现，答案很简单：只因你不感兴趣，你对我的事漠不关心。你言辞闪躲，并非出于恐惧，而是因为厌烦。你擅长察言观色，不待我开口便知我要说什么；即便我出其不意地发难，你也总能随机应变，轻拍我的脸颊，吻我，随即夺门而出。

或许我该担心你没看几行就撕碎了这封信。但我知道你不会，因为近几个月来我让你愕然，也使你诧异。即便对我鲜少关注，你也不难发现我性情大变了吧？没错，这一次我相信你不会逃避。我想让你明白，让你们明白，让你的儿子、女儿、女婿和孙辈都明白：你们凝成一个严丝合缝的团体，对面站着一个孤独的男子。这位任劳任怨的律师，明明掌握着家里的财政大权，轻易得罪不得，却被你们孤立在另一个世界饱受折磨。这是怎样一个世界？你从未想去看看。放心，这封信并非我为自己草拟的悼词，充其量不过是控诉你们的檄文。心明眼亮是我性格里最昭彰的特征，若换作其他女人，必会为此震惊。

自欺欺人是多数人的生存之道，我却活得异常清醒。卑鄙与龌龊在我眼里无所遁形，因此从未受此荼毒……

该搁笔了……无人点灯，亦无人来关窗。我望向酒库的屋顶，其上瓦片如花朵般秾丽，又似雀鸟斑斓的颈项。耳边传来酒桶滚动的声音，在卡罗莱纳杨树攀缘的常春藤上隐隐流泻画眉鸟的吟唱。这里还是我记忆中的模样。我是幸运的，可以在承载回忆的应许之地静待死神的到来。只不过驴拉水车的摩擦声被发动机的喧嚣取代了（还有恼人的邮政飞机污染了天空，也搅扰了下午茶的时光）。

极少有人能在现实世界里，在触手可及之地重温旧梦，大部分人只有在锲而不舍地回忆时，才能在脑海中浮现昨日景象。我把手搁在胸前，摸着心脏的位置，瞥向镶镜衣柜的角落：皮下注射器、亚硝酸戊酯[1]安瓿等急救物什一应俱全。我若呼救，会有人听见吗？他们倒希望我是假性心绞痛，且不在乎我相信与否，只盼回去补个好觉。幸好我缓过来了。左肩仿佛被一双无形的手狠狠揪着，关节脱臼的感觉提醒着我：死神还未远离。它就这么明晃晃地徘徊于我身侧多年，极有耐心。我能察觉它潜行的脚步和盘旋的气息。我对它唯命是从，从不敢反抗它的靠近。我身穿睡衣，武装着专为重症病患准备的急救装置，奄奄一息地深陷于我母亲临终坐着的耳翼扶手椅中，

---

[1] 一种可缓解心绞痛的药物。——译者注（如无特别说明，本书脚注均为译者注）

一旁的桌上堆满了各种药剂。我同母亲当年一样蜷缩着，不修边幅，散发着恶臭。难抑的躁郁一波波袭来，令我如坐针毡。别被我这惨样蒙蔽了，其实不发病时，我可是生龙活虎。我的诉讼代理人布吕曾以为我必死无疑，没想到我又出其不意地露面了，还有力气在信贷公司的地下室撕剪了好几个小时息票[1]。

我得再活得久些，才能完成这篇自白，至死必须让你听听我的心迹。在我们同床共枕的那些年里，一旦你察觉我靠过来，便会嘟哝："我困了，我睡着了，我睡了……"

被你拒之门外的不是我的爱抚，而是我亟待倾诉的衷肠。

我们的不幸恰恰始于喋喋不休的言语。彼时，新婚宴尔的我们还沉浸于此。那一年，我二十三岁，你十八岁，不过是两个孩子。所谓的爱情，于我们而言，并非欢愉，而是毫无保留的信任。如同幼稚的友谊一般，我们发誓会对彼此开诚布公。我的恋史乏善可陈，不得不添油加醋地渲染一番。我本以为你也差不多，甚至无法想象在我之前你还喊过其他男子的名字。我不会相信，直到那一晚……

一切就发生在这间卧室里，我写信的这个房间。壁纸早已

---

[1] 息票是附印于各种债券面上的利息票券。

换了，桃花心木的家具仍躺在原处。桌上放着乳白色的水杯和一套抽奖得来的茶具。月光照着草荐，自朗德省而来的南风，把烽火的气息吹到了床畔。

鲁道夫，是他的名字。这个常常被你提起的人名，如鬼魅般生活在这个房间的阴影里。即便我们最紧密结合的时刻，他也要横插一脚，如影随形。那一晚，你叫了他的名字，还记得吗？可你仍不餍足……

"亲爱的，这些事在我们订婚前我该告诉你的，我很内疚……唉！放心吧，也没什么大不了……"

对此我并无疑忌，也没有逼你招认什么。你却一股脑儿向我吐露，沾沾自喜的神态让我颇为难堪。你说得肆无忌惮，对我的情绪不管不顾，这与你曾经信誓旦旦保证的"体贴"背道而驰。

不，你沉浸在往日的温情里，难以自制。或许你也察觉出一丝危机的征兆，但正如人们常说的那样，你还是身不由己。这位"鲁道夫"早已脱离你的掌控，从此阴魂不散地盘桓在我们床畔。

千万别把我们的不幸归咎于醋意。1885年那个夏夜之后，我确实尝过醋海翻波的滋味，但再没有体验过那夜的心绪了。那一晚，你向我坦言，在艾克斯度假时，曾与一位陌生的男子订过婚。

  四十五年了！没想到我会在今日跟你表明心迹。可你会读我的信吗？你对此毫无兴趣！只要与我有关，你都不以为意。孩子的事占据了你的心，你对我视若无睹，而有了孙辈后呢……别提了！这是最后一次尝试。也许我死了比活着更能牵动你的心，至少刚死的那几个星期，在我尸骨未寒之际应是如此，我将在你心里占据一席之地。即使出于责任，你也会读完这些文字。我只能这么相信，我确信你会读完的。

2

不，在你跟我坦白的那天，我并不嫉妒，但确实受到了致命一击。如何才能让你明白呢？我的母亲是个寡妇，而我是她唯一的儿子。可就算你与她相处过多年，也从未真正了解她。即便你有兴趣了解，也无法全然体会我们这对母子的相处模式。你出身于一个显贵的资产阶级家庭：人丁兴旺、等级森严、循规蹈矩。而我的父亲，曾经不过是省政府某部门的科长。你无法想象，这位小公务员的遗孀，能给自己的儿子——她在这世上唯一的亲人——怎样无微不至的关怀。我学习成绩优异，这令她万分自豪，也是我唯一的乐趣。初时，我确信家里很穷。母亲一贯精打细算，也进一步证实我们的生活十分拮据。当然，我什么也没缺过。时至今日，我才明白自己是在溺爱中长大的。母亲在奥斯唐斯的农庄[1]为我们提供餐食十分便利，若是有人觉得那些食物算是佳肴美馔的话，我定会诧异。于我而言，黍米粥饲肥的小母鸡、野兔肉、山鹬肉酱，这些司空见惯的食物跟奢侈二字毫无关联。我早就听说这些农庄不值钱，母亲继承时荒废已久，我的外祖父幼时还在这里放过羊。我遗忘了父母一早就在这里垦荒播种的事实，因此二十一岁的时候，我突然坐拥了两千公顷葱郁的森林，这里出产的木料还被大量制成了矿柱。母亲曾从微薄的地租年金中省下了一笔钱，并在父亲生前与他一起"倾囊倒箧"购置了卡莱斯（当时用了四万法郎购入，如今就算出价一百万，我也不会卖掉这座葡萄园！）。

我们平时住在一栋房子的四楼，属于我家名下，位于圣凯瑟琳娜大街[2]。这栋房产和几块尚未开发的地皮，都是我父亲结婚的聘礼。乡下经常送食篮过来，每周两次。若非必要，母亲不用去肉铺光顾。而我一心想去巴黎高师求学，被她逼着才会在周四和周日时出门散心。我绝非那种假装不费吹灰之力，就能名列前茅的学生。我"废寝忘食"，并以此为荣。除了废寝

---

[1] 原文为"métairie"，意为分成制租田。佃农会按比例把收获物分割给农场主。

[2] 位于法国波尔多市。

忘食，我别无长处。在我的记忆里，高中时我就从没对维吉尔[1]和拉辛[2]产生过任何兴趣。对我来说，这些只是教材。在人文学科的著作中，只有那些被选入教学大纲的作品在我眼中才有价值。而且考官喜欢什么，我就投其所好地围绕该主题写什么。换句话说，写的都是往届学子老生常谈的内容。我就是这么一个呆子，要不是因为入学考试前的两个月突发了咯血，还会这么呆下去。这场大病把我母亲吓坏了，也让我彻底无缘巴黎高师。

这是童年时太过用功、少年时体弱多病的恶果。正在发育的男孩整日耸肩曲背，披星戴月地伏案学习，又不屑锻炼身体，自然积劳成疾。

你烦了吗？我很怕让你厌烦。可这封信，请你一字不漏地看完。我可以保证，只拣紧要的事来写。正是这些你不曾了解或者早已忘却的事件，酿就了我们生活的悲剧。

更何况，看了前面的内容你该明白，我对自己也下了狠手。某种程度上也算遂了你的心吧……不，不用否认。只要想到我，你就会心生怨怼。

1　古罗马著名诗人。
2　法国剧作家。

可是，这些话对那个整日窝在字典堆里的孱弱男孩来说，可能不太公平。我阅读旁人的童年回忆时，发现大家总把童年看作心驰神往的乐园。每当这时候，我总是不安地思忖：那我呢？为何我的生命在最初时便一片荒芜？也许我遗忘了某些能被他人铭记的往事？也许我也拥有过相同的意趣……唉！我的青春满目苍凉，只有义无反顾的狂热、力争上游的决心，还有同以诺什和霍德里格这两位同学之间针锋相对的较量。我本能地将一切善意拒之门外。因为成绩优异，即便脾气暴躁，我也拥有过几个仰慕者。面对那些爱慕我的人，我依旧冷酷。我讨厌"感情用事"。

即便以写作为生，我在高中时也写不出感人肺腑的篇章。等等……有件事除外，但其实也不算什么，是关于我父亲的一件事。我对他没什么印象，但有时会觉得他尚在人世。在我的臆想中，他可能是出于某些匪夷所思的变故才离奇失踪的。高中放学回家，我沿着圣凯瑟琳娜大街一路狂奔，在街心车流中穿行——太过拥挤的人行道会耽误我回家的时间。我迫不及待地爬上楼梯，母亲在窗边缝补衣物，父亲的照片还挂在床铺右侧的老地方。对于母亲投来的亲吻和拥抱，我亦无甚回应，直接打开了书本学习……

突发咯血后，我的命运就此改写。我来到阿尔卡雄的一栋木屋休养，在这里浑浑噩噩地度过了凄清的几个月。羸弱的身体，彻底浇醒了我考入理想学府的美梦。可悲的母亲更令我郁结，她好像对此毫不在意，我的前途在她心里无足轻重。我每天测体温的时间，才能引起她的关注；每周称体重的结果，更是主宰了她的悲喜。直到后来我重病缠身之时，再也无人像她一样关心我了，我才心如芒刺地意识到，这一切都是对我"无情无义"的惩罚：罚我从小被捧在手心里长大，却那样"冷心冷情"。

天气刚放晴的那几天，如母亲所言，我的身体逐渐康复，严格来说是重获了新生。我变得魁梧而强壮。那时的阿尔卡雄不过是个农村，这片旱生阔叶林里长满了金雀花和野草莓树。我在这里忍受了严苛的饮食调理，终于脱胎换骨。

与此同时，我从母亲那里得知，我根本无须为前途担忧。我们家境殷实，且财富与日俱增。再没有值得我焦虑的事了，而且我很可能免服兵役。我一向能言善辩，让所有老师都印象深刻。因此母亲希望我学法律，她坚信我不用费多少心就能成为大律师，除非我把心思放在政治上……她说着说着，一下子吐露了全盘计划。我咬牙切齿地听她念叨，赌气似的把视线转向窗外。

我开始"寻欢作乐"。母亲用饱蓄惊慌的眼神纵容着我。直到后来，我与你的家人相处之后才知道，于信教家庭而言，这些放荡的行为有多么恶劣。而在我母亲眼里，只要无损于身体，都并无不妥。在她确认我不至于醉生梦死后，只要我夜半还能归家，对于我夜晚外出这件事，她也就睁一只眼闭一只眼了。不，别担心我会就此展开我的艳史，我知道你厌恶这些事。更何况，那段经历确实不值一提。

我还为此付出了沉重的代价，十分痛苦。我为自己缺少魅力而苦闷，就算正值青春也无济于事。我长得应不算丑，至少五官端正。我们的女儿热娜维耶芙年轻时的样貌就是我生动的写照。正如人们所说，我是个没活力的人，一个死气沉沉的少年，整日无精打采，单看外表，就能把人劝退。我越是这么觉得，越是局促。我还不懂穿衣打扮，既不会挑领带，也不会打领带。我做不到肆意，既不会笑，也不会逗趣。我无法想象与一群人嬉笑打闹的画面，属于甫一出场就能大煞风景的那类人。我还十分敏感，受不得一丝嘲弄。相反，当我开玩笑时，却总在无意间把人得罪，给他人造成不可饶恕的伤害：对于他人讳莫如深的缺陷，我一向直言嘲讽。出于羞怯与傲慢，在姑娘面前，我总是一本正经，表现出高高在上的模样，让人嫌恶，甚至从未留意她们穿了什么裙子。她们越是厌恶我，我就越变本加厉地展露自己的丑恶。我的青春不过是一场悠长的自杀。为了遮掩不讨喜的天性，我便迫不及待地刻意做些令人生厌的事。

无论正确与否，沦落至此，我认为多少得归咎于母亲。我的不幸在于从小就被过度宠溺、过多关注和过分照料，最终尝到了恶果。所以，那段时间我对母亲十分残酷，我恼怒她的溺爱，无法原谅在这世上只有她才会对我如此无私地给予，也无法饶恕只有她才能让我体会什么是爱意。很抱歉又回到了这个话题，但只有想到这些，我才有力量忍受你的漠视，一切都是我罪有应得。那个可怜的女人早已长眠地下，只有我这个心力交瘁的老叟还氤氲着她的记忆。假如她能预见命运将为她施行怎样的报复，定然痛不欲生！

是的，我是恶劣的。在木屋的餐厅里，在点亮饭菜的吊灯下，当她小心翼翼地向我提问时，我的回答绝不会超过一个字。有时候，我会找些微末的借口，甚至无故冲她发难。

她没想搞懂我，也无意找出我愤怒的缘由，而是像忍受天神之怒一样包容我的狂躁。

"这是病了，"她说，"我用不着紧张。"她表示自己胸无点墨，理解不了我，并进一步说道："我这样的老婆子，当不了你这种年轻男孩的知己……"她虽节俭，对我却不吝啬，为了鼓励我消费，给我的零花钱总是超出我的预期。她还会从波尔多带来一些可笑的领带，我根本戴不出去。

我们和邻居经常往来。我还追求过他们的女儿，却并非出于爱慕。那年冬日，这个少女来阿尔卡雄养病。母亲怕我被她传染，惊恐万分，也担心我会不由自主地深陷其中，害怕我会败坏她的名声。时至今日我可以确信，明知徒劳，当年的自己仍那么不遗余力地追求这个女孩，不过是为了激起母亲的忧思。

离家一年后我们回到波尔多，而且搬家了。母亲此前就在林荫大道购置了一栋私邸，为了给我惊喜，她瞒得滴水不漏。当一位男仆替我们开门时，我简直目瞪口呆。二楼是特地留给我的，一切都是崭新的。面对那样华靡的排场，纵然如今看来俗不可耐，当时的我也确实暗自窃喜了。即便这样，我依然不由自主地吹毛求疵，还为她挥金如土的作风表示担心。

就在那时，母亲十分得意地把家里的财务状况告知了我，其实她没必要这么做（况且大部分财产都来自她娘家）。五万法郎的地租年金，还不算伐木收入，在那个时代，尤其在外省，算是一笔"令人艳羡"的财富了。换作任何旁的男子一定会把这些钱用于投资自己，进而出人头地，跻身本地的上流社会。我并非缺乏雄心，而是担心直面那群法学院的同学时，无法隐藏自己的敌对情绪。

这些同学基本都是富家子弟，从小读的是教会学校。而我只是一个公立高中的毕业生，一个牧羊人的外孙。尽管在我眼里他们不过是跳梁小丑，我依然不由自主地对他们的派头心生艳羡，更无法原谅自己生出这样可怕的情绪。嫉妒自己鄙视之人，令我感到一种难堪的怅惘，这种赧然的心绪足以荼毒我的一生。

我羡慕他们，却也蔑视他们。他们对我的鄙薄（也许是我臆想的）进一步加深了我的怨念。性格使然，我从未想取悦他们，反而与他们日益针锋相对。我对宗教的憎恶由来已久，这让我与你站在了永恒的对立面，也令你苦不堪言。这种憎恶始于1879年和1880年，我就读于法学院期间，当时正值"第七条"[1]投票表决。与此同时，政府出台了一系列家喻户晓的法令，目的是把耶稣教徒驱逐出境。

此前，我对宗教相关的话题毫不在意。我母亲谈及这些话题时，向来只会重复那么两句："我无所谓，假如我们这样的人都得不到救赎，就没人能得到了。"她早就让我受了圣洗。

1　1880年《高等教育自由法》第七条规定，禁止耶稣会教徒在学校任职。

高中时，我初领圣体，对那次百无聊赖的仪式，已记不太清。总之，我后面再没参与过此类活动，对这方面的事全然无知。小时候在路上看到神甫，我以为他们是戴着五花八门的面具在扮演某个角色。宗教相关的问题从不在我的考虑范围内，当我最终涉猎这些问题时，也总会从政治角度出发。

我成立了一个学习小组，伏尔泰咖啡馆是我们的集合地。我常在这里锻炼口才。我私下十分内向，公开辩论时却判若两人。我拥有不少追随者，成了他们的领袖。但内心深处，我对他们的蔑视甚至不亚于对那群富人的蔑视。我恨他们赤裸裸地彰显卑劣的动机，由此逼着我明朗地认识到这些念头也存在于我的脑海里。这些小公务员的儿子，领过奖学金，聪敏且有野心，却满腹怨毒。他们恭维我，但并不喜欢我。我请他们吃过几次饭，这对他们来说意义非凡，够吹嘘很长时间了。我厌恶他们的做派，有时候忍不住出言相讥，他们被踩到了痛脚，不免对此耿耿于心。

无论如何，我对宗教的仇视是货真价实的，且惶恐地发现自己对社会正义产生了渴望。我逼迫母亲拆除佃农住的土屋，那里的生活条件极差，佃农靠玉米饼和黑面包维持生计。那是母亲第一次尝试反对我的意见："不过是为了让他们对你感恩戴德……"

我并未再做斗争，且凄怆地发觉，我与我的死敌，我们对待两样东西情绪同频：土地和财富。这个世上存在有产阶级，也存在其他阶级。我意识到自己将永远站在有产阶级的阵营中。那些故作清高的小子，他们的财产加起来甚至都比不上我拥有的财富。我相信他们一见到我，就想转身离开。但我也确信，他们无法抗拒我主动伸出的援手。还有左翼和右翼的各色人等，在公开会议上对我的抨击永远是我的葡萄园和两千公顷的森林。

原谅我的长篇大论。少了这些细枝末节，你可能无法理解我们的相遇与相恋，对当时那个千疮百孔的少年来说意味着什么。一个农家子弟，母亲还是"包头巾"的乡巴佬，这样的我竟然娶到了封多黛热家族的千金！一切都太不真实了，简直匪夷所思……

3

　　我不得不暂时停笔。光线暗了，楼下隐隐传来交谈。我并非嫌你们聒噪，相反，正是你们的低声交谈让我烦乱。过去，我在这个房间能把对话听得一清二楚，现在你们却像做贼似的轻声低语。你曾说我耳背了。不，我能听见火车驶过高架桥时隆隆的声响。不，并非如此，我的听力好得很！是你们故意压低了声音，怕我撞破诡计。你们瞒着我什么呢？生意不景气吗？他们全围着你，等待投喂：做朗姆酒生意的女婿；游手好闲的外孙女婿；还有我们那已经当了证券经纪人的儿子于贝尔，所有人的钱都供他支配，这小子竟然派发了百分之二十的股息红利。

　　别指望我，我一个子儿都不会出。"不过是砍几棵松树就能解决的事儿……"今夜你定要这么劝我。你还会提起于贝尔的两个女儿,因为没钱置备家具,她们婚后一直住在婆家。"阁楼里还有一堆闲置家具,眼看就要坏了,借给她们又没有成本……"待会儿,你定会这么跟我提要求,"她们会怨我们,不愿再踏入这个家门。我就要失去两个孙女了……"这便是你们鬼鬼祟祟围在一起密谋的内容吧。

我泼风似的重读了昨夜写下的文字。为何我会迷失在这种癫狂中呢?这不再是一封信,而是一篇零碎的日记。要重写吗……抹去一切,重新来过?不可能了。我已时日无多。写了便写了吧。更何况,我所渴求的不就是在你面前开诚布公,逼你了解个彻底吗?三十年来,我在你眼里不过是一台巨额提款机。这台不太灵光的机器,需要不停摇晃才能掉出钱来。终有一日,你们会打开它,解剖它,心急如焚地挖出它身上所珍藏的财宝。

我又陷入了怒火,来到一度搁浅之处。必须找到愤怒的源头,回到命定的那夜……在此之前,先追忆下我们初次相遇的场景吧。

那是1883年8月,我与母亲待在吕雄。彼时,萨卡罗利酒店摆满了软体家具、坐墩与比利牛斯岩羚羊的标本。埃提尼小道两旁种满椴树,即便多年后,呼吸间仍留有椴树的余馨。每日清晨,唤醒我的是驴子细碎的跑步声、叮咚咚的铃铛声与扬鞭的噼啪声。那里的溪涧游走于街巷,商贩们吆喝着自家的羊角面包和牛奶面包。向导策马路过时,我总会侧目望向驰骋的车马。

封多黛热家族包下了酒店的整个二层,利奥波德国王[1]住过的套房就在这一层。"这些人可真会挥霍!"母亲说,这个家族花钱如流水,结账时却总是拖欠(为了储存货物,你们在码头租了我家的大片空地)。

客人都围在餐桌上一起吃饭,封多黛热家族却是单独用膳。我还记得窗边的那张圆桌:你发福的祖母用黑色蕾丝遮挡光秃秃的头顶,蕾丝仿若黑玉似的摇曳着。我总觉着她冲着我笑,其实是她那双细小的眼睛和过大的唇缝给人的错觉。一位脸庞浮肿、形容憔悴的修女,裹着僵直的衬衣在一旁服侍你的祖母。而你的母亲……真让人惊艳啊!她一身黑衣,还处于两个孩子的丧期中。我最初恋慕的是你母亲,而不是你。她并未佩戴首饰,袒露在外的脖颈、臂膀和柔荑令我心旌摇荡。我心下生出司汤达小说主人公般的桥段,想象与她月下私会或者悄

---

[1] 比利时国王。

悄留下一纸信笺。而你,我丝毫没有留意到。年轻的女孩让我提不起兴致,况且当时傲慢的你对谁都嗤之以鼻。

一天,我从赌场回来,撞见我母亲与封多黛热夫人闲聊。后者极尽谄媚,热络得过了头,感觉在极力逢迎对方却收效甚微。而我的母亲语气强硬,就像把租户捏在了手心里。此时的封多黛热家族在她眼里不过是些无法按时付款的承租人。作为拥有土地的农妇,母亲猜忌那些接二连三出现威胁的脆弱财富和买卖,皆是出于本能。

她说道:"我当然信任封多黛热先生签署的协议,但是……"此时,我打断了她的话。这是我第一次介入生意谈判,封多黛热夫人得到了她所央求宽限的时间。后来我常思量,母亲的农民本能并未出错,你的家族确实让我损失惨重。假如我任由你们继续蚕食,你的儿子、女儿、孙女婿早晚会耗尽我的家财,用以填补他们的生意!他们所谓的生意,不过是一楼的一间办公室、一台电话机和一个打字员……而这些表象的背后,数以万计的财富蒸发了。我扯远了……刚才写道:1883年,我们在巴涅尔-德-吕雄。

这支名门望族对我抛出了橄榄枝,我也察觉到了。你的祖母因耳背总自顾着说个没完。自从有了交流机会,餐后我与你母亲聊过几回,她实在无趣,浪费了我为她精心设计的桥段。你不会因为我回忆了与她的乏味交谈而恼怒吧？她生活的圈子太小，词汇量匮乏，没聊几分钟我就失望透顶，无话可说了。

我的目光离开了这位母亲，聚焦到女儿身上。我并未料到我们之后的几次约会这么顺畅，竟无人反对。我如何能想到封多黛热家族竟把我当作了一个优质的联姻对象呢？我记得有一回，我们去百合谷散心。你的祖母坐在维多利亚马车[1]的后座，修女陪在她身侧；我们则坐在前排的折叠椅上。上帝都知道，吕雄并不缺汽车！但只有封多黛热家族的人会带着私家车马和随从出行。

马儿施施而行，穿过飞舞云聚的苍蝇。修女半闭着双眼，油光满面。你祖母手持扇子扇着风，扇子是在埃提尼小道买的，扇面绘有一幅斗牛士刺死黑公牛的画。天气炎热，你却戴着一副长手套。你全身素白，连长筒皮靴都是白的。你对我说，自从你两个弟弟去世后，你"发过誓要穿白色"[2]。我无视了"发誓穿白色"的含义。此后，在与你家人的相处中，我确实了解到诸多颇为怪异的宗教习俗。但当天的心境竟让我觉得

1　一种优雅的无门四轮敞篷马车，深受女性喜爱，被认为是身份的象征。
2　白色是基督教的象征色，代表神圣和纯洁。发誓穿白色，一般是为纪念圣母。

这种说辞别有诗意。如何让你理解我对你迸发的情谊呢？就在那个瞬间，我觉着自己不再让人厌烦了，不再卑劣了，也不再面目可憎。有一个夜晚，在我生命中极为重要，那夜你对我说："太神奇了！一个男孩的睫毛竟然可以那么长！"

我悄然掩藏了自己的先锋思潮。我记得那次出行路上有段上坡路，为了给马车减负，我俩下车步行。你祖母和那位修女拿起念珠，开始祷告；老车夫在多年潜移默化的熏陶下，也祷念起《圣母颂》。你笑盈盈地望着我，我并未流露分毫情绪。周日陪你参加十一点的弥撒对我来说无伤大雅，也不会让我沾上任何形而上的思想。这不过是一种阶层信仰，一门资产阶级从古至今都惯用的宗教，一套除社交之外百无一用的仪式，我反而因为能融入其中而感到自豪。

有时，你会在弥撒时偷瞧我。这些仪式也让我有了不可思议的发现：我竟可以让人兴致盎然，可以讨人喜欢，可以动人心弦。我把感受到的爱意与陷入情网，或者说自发的情感混为一谈。我自身的感受极为恍惚，重要的是我坚信你对我的爱：原来在另一个人的眼中映照出的我可以丝毫不令人反感。我沉浸在婉妙的惬意中，喜不自胜。至今犹记在你的目光下，我冰封的躯体逐渐融化，灼热的情感如泉涌般喷薄而出。最温柔素朴的举动，都能令我心醉。一只紧握的手，一朵放在书中的花，一切都是新奇的。

在我此次新生中唯一未能获益的人，便是我的母亲。我先是觉得她敌视我身上缓缓升腾的梦想（我也认为是个不理智的梦），我怪她无法与我同乐。"没发现他们在引诱你吗？"她反复念叨，不在乎这番话是否会捻碎我因一个少女的青睐而雀跃飞扬的心。世上竟然存在一个我爱慕的少女，而她可能也想嫁给我。尽管母亲忧心忡忡，我仍然相信你。你们的家族枝繁叶茂，权势滔天，压根看不上你我联姻收获的那点益处。由于母亲质疑我的幸福，一股近乎仇视的怨愤悄然滋生，无法抑制地流入我心间。

母亲还是从各大银行的联系人那里获取了情报。结果，是我赢了。她听说封多黛热家族的确暂时资金周转不灵，却享有极高的信用度。"他们坐拥巨额资产，就是生活太过铺张。马匹和仆从都得花钱。他们宁可摆阔，也不愿攒钱……"

由于银行的信息，我的幸福最终落定。我取得了你们并无所图的证据：你的亲友是因为对我满意，所以温柔以待。我忽然觉着，大家都倾心我是件理所当然的事。夜晚，他们还放任你我在赌场的巷道单独见面。很奇怪，在人生初品蜜意之时，竟无人前来预警：无论你能活多久，人生中也就只剩这几个小时的欢愉了。尽情享受吧！直到它化为灰烬，此后你将一无所有。这是第一捧泉水，也是最后一捧，尽情酣饮吧，此后便再也喝不上了。

然而，那时的我却以为这不过是漫漫炽热人生的开场。那段沉睡的木叶下我们静静驻足的如梦佳期，我并未挂心。

一切还是有迹可循的，只是被我曲解了。还记得那晚吗？我们坐在长椅上（位于温泉浴场后面那条蜿蜒而上的小径），你突然莫名地哭了起来。我记得你湿濡面颊上的味道，那陌生忧愁的滋味，我以为是情动的眼泪。年少的我无法理解这番哭泣的缘由，你却明确地对我说："没事的，是因为在你身边……"

你是个骗子，但那回没有说谎。你哭泣，的确是因为在我身边。在我身边——而非另外一个人。数月后，就在我写信的这个房间里，你终于向我倾吐了他的名字。同样是在这个房间里，一群虎视眈眈的家人围着我这个濒死之人，等待着将我分食殆尽。

我坐在苏佩巴涅尔曲径旁的长椅上，把脸埋在少女的颈窝，呼吸着她眼泪的芳泽。比利牛斯温润而潮湿的夜也沾染了你的气息，湿漉漉的，散发着草木与薄荷的香。我们俯瞰着温泉广场。路灯点亮了音乐凉亭边的椴树。酒店的一位英国老人正用长网兜捕捉扑向灯火的飞蛾。你对我说:"您的手帕借我用用吧……"我拭干了你的泪,然后把手帕收进了贴近胸口的衬衣之中。

我与先前判若两人,甚至我的面容都仿佛被光抚过一般。在女士们的目光中,我确认了这一点。我对你那夜的泪水毫不怀疑。况且,除了那夜,剩下的都是纯粹愉悦的夜晚。那些夜里,你贴恋着我,靠在我怀中。我疾步前行,你气喘吁吁地追随。我成为一个恪守礼节的未婚夫,你激起了我最纯真的一面。我从未动过辜负你亲友信任的念头,但万万没想到这些信任都是精心设计的圈套。

是的,我焕然一新,以至于那一天……四十年后的今天,我终于敢向你坦白此事。反正你读到这封信的时候,也不会再得意了。那一天,在去百合谷的路上,我们从维多利亚马车下来。水流潺潺,我指间捻弄着茴香。山脚下夜色涌动,而山顶依旧流光溢彩。有一种强烈的感受倏而充斥心间,我几乎全身心地确信这个世上存在另外一方天地,而我们只堪浮光掠影地瞥见它的真实面目。

这种感觉转瞬即逝。在我苍凉的一生中,它也只是偶尔再现。因为异乎寻常,所以于我而言极为珍稀。这也是为何在我们两败俱伤的漫漫宗教"斗争"中,我总是竭力割离那场回忆……我欠你一个解释。但现在还不是开启这个话题的时候。

订婚仪式不必再提。某一天晚上，婚约便敲定了，其实并非我刻意为之。我想你误解了我的一句话：难以置信，我竟然与你在一起了。我本来想表达的意思与你理解的大相径庭。再提这些也无用了。但有一件秽事，令我如鲠在喉。

订婚当天，你立即对我提了要求：为了"和睦相处"，你拒绝与我母亲一起生活，就算住在一栋宅子里也不行。你与你的父母在这件事上决不妥协。

即便过了这么多年，那个酒店房间里的压抑场景，依旧烙印在我的记忆里。房间窗户正对着埃提尼小道，流金般的尘埃、扬鞭的噼啪声、铃铛声和提洛尔歌谣穿透闭合的百叶窗，在房间里流转。我那患有偏头痛的母亲躺在沙发上，穿着半裙和短款上衣（她根本不知道还存在家居服、晨衣和睡袍）。她说一楼的几间客厅以后留给我们用，只要给她在四楼留个房间就行。我便趁机说道："其实妈妈，伊莎认为最好是……"我一边说，一边偷睨她苍老的面庞，说完又立即挪开了视线。她用变形的手指揉搓着上衣下摆的花边。假如她反对，我已想好如何冲锋陷阵，她的沉默却令我偃旗息鼓。

她故作镇定，佯装这些话全在她的意料之中，仿佛是为了让我相信她对这次分离的期盼，她字斟句酌地说道："我基本全年都住在奥里涅，那些农庄中就数它最宜居。我把卡莱斯留给你们。我会让人在奥里涅建栋小楼，有三个房间就够了。遗憾的是明年我可能就死了，有点浪费。但你以后去狩猎斑尾林鸽的时候还能用上，10月住在那边很惬意。你不喜欢狩猎，但说不定你的孩子们会喜欢。"

就算我如此薄情，也无法令母亲的这份情谊搁浅。即便它被驱逐出境，还会从他处卷土重来。只要留有星火，它就能再生燎原之势。然而，当晚你却问我："你的母亲到底怎么了？"

第二天，她便恢复如初。你的父亲带着你姐姐和姐夫来到波尔多，想必已然知晓我们的事。他们打量了我一番。我听到他们窃窃私议道："你觉得他'体面'吗？那样的母亲不可能……"我无法忘却初见你姐姐玛丽·露易丝时那惊鸿一瞥，你们都叫她"玛丽奈特"。她比你大一岁，但看上去更像你的妹妹。她拥有一双孩童般的眼眸，弱质纤姿，延颈秀项，峨峨云髻盘于头顶。你父亲把她嫁给了菲利波男爵那个老头，着实令人咋舌。但自从男爵死后，我时常想起这位花甲老人，他算是我认识的最不幸的人之一。为了让年轻的妻子忘却他的老迈，这个傻子卑微到了尘埃里！一件紧身衣就差点把他勒得窒息。僵直的衣领高耸而肥大，掩住了松弛下垂的脸颊和脖子上的褶皱。染色的髭须和鬓髯上的光泽衬着发紫的皮肉，显得尤为可怖。他对别人说的话置若罔闻，一心扑在找镜子上。一旦找到，这个可怜虫便一发不可收拾地在镜中端详自己，每次撞见都惹得我们嗤笑不已。他满口假牙，因此不敢启齿露笑，凭借惊人的意志力闭紧双唇。我们还留意到他戴着克朗斯塔特帽[1]时的动作总是小心翼翼的，就是怕弄乱那绺特殊的头发——它以颈后为起点，如同浮在裸露河床上的三角洲一般，散落在头颅上。

你父亲与你姐夫算是同辈人，尽管他胡子花白，头上寸草不生，还大腹便便，仍不乏女人投怀送抱，甚至在生意场上也擅长蛊惑人心。我母亲是唯一对他的魅力无动于衷的人。也许是我带去的打击刺激了她，令她硬起了心肠。她逐条探讨婚约条款时，就像对待买卖和租约一样。我假装不满她的要求并予以责备，但内心却庆幸有人为我维护利益。如今我们的财产能分割得如此清晰，让你们对我无计可施，都要归功于我母亲严格执行夵产制[2]的缘故。在她眼里，我就像是执意要嫁给登徒子的姑娘。

1　当时流行的一种男士截锥形毡帽。因为俄罗斯城市克朗斯塔特而得名。
2　说明婚前财产如何分配的制度。

在这样的要求之下，封多黛热家族都没有取消婚约，我可以安枕无忧了。我觉得他们是因你中意我，而爱屋及乌。

母亲不想讨论年金，要求你的嫁妆必须以现金的形式转过来。她说："他们跟我提菲利波男爵，说他娶'姐姐'时分文未取。这我是信的！把这么一个尤物塞给一个老头子，他们当然得要点甜头！但咱们又是另一回事了。他们以为我会为结亲而乐得找不着北，那是还不了解我……"

对于这场博弈，我们这对"小情人"装作事不关己。我猜你是对你父亲的才能很有把握，就像我相信我母亲一样。又或许，当时的我们其实还不清楚自己对财富的执念……

不，这么说也不公正。你爱财只是为了孩子。为了让他们坐拥富贵，你也许可以不惜谋害我。当然，你也会为了他们而甘愿节衣缩食。

而我呢，我承认自己视财如命。金钱能让我安心，只要我还掌着财政大权，你们就对我无可奈何。"我们这个年纪了，还能花多少钱？"你总这么念叨。无稽之谈！只有拥有财富的老人才能活得像样。一旦他身无长物，便会被轻易抛弃。我们只能在养老院、收容所与有钱人这三者之间抉择。农民把家里的老人掠取一空后让他们活活饿死的故事，屡见不鲜；而类似之事在资产阶级家庭也司空见惯，只是花样更多。没错！是了，我害怕变穷。这黄金窟仿佛无论怎么囤也无法令我餍足。它吸引着你们，却是在保护我。

三钟经[1]的时刻已过，可我没听见钟声……它并未敲响吧，因为今天是耶稣受难日[2]。今夜，家里人都将驾车前来。我会下楼用餐，看你们欢聚一堂。对我来说，在攻击团体时的破坏力要比与某人单打独斗时来得更强。在这悔罪之日，我还要享用肉排，并非出于寻衅，只是为了向你们展示：我的意志坚如磐石，对任何事都不会让步。

四十五年来我坚守着阵地，从未让你越雷池一步。但凡我有一次失守，这些阵地便会逐一沦陷。在这个啃着芸豆和沙丁鱼罐头的家中，我那受难日的肉排叫嚣着：在我有生之年，他们休想剥夺我的财富。

---

1 在基督教中，教堂于晨、午、晚鸣钟三次，提醒信徒暂时放下一切，念诵祷告。
2 复活节前的星期五，是纪念耶稣受难的节日。从耶稣受难日到复活节期间，教堂不会奏响钟声，部分教众还会斋戒，以此悼念耶稣的苦难。

4

我没猜错。昨晚我闯入其中,打乱了你们的计划。在饭桌上,唯一欢乐的只有孩子,因为耶稣受难日的晚餐,他们可以吃到巧克力和黄油面包片。我分不清他们谁是谁:外孙女雅妮娜的孩子会走路了……我竭力地大快朵颐。你以高龄和健康为由向孩子们暗暗辩解我吃肉排的行为。在我看来,最可怕的人还数乐观的于贝尔,他信誓旦旦地表示股市不久便会回温,那说话的语气仿佛对他来说此事关乎生死。他总归是我的儿子。这个已逾不惑之年的人是我儿子,我知道,却没多少实感,甚至无法直面这一事实。若是他的生意血本无归呢!一个证券经纪人派发了那么高的股息,真可谓孤注一掷……终有一日,家族的荣辱也会危在旦夕……家族的荣辱!我是不会为这样冠冕堂皇的"包袱"而牺牲的。我必须尽早下定决心。坚持下去，决不手软。再说，就算我什么也不做，封多黛热家还有位舅父也不会对此袖手旁观……扯远了，我之所以顾左右而言他，确切地说，是为了逃避那一夜的回忆，逃避触碰那被你无意中摧毁的幸福。

一想到你可能都不记得了，我便觉得怪异。在这和煦漆黑的房间中度过的那几个小时，主宰了我们的命运。你的每句话都令我们渐行渐远，而你一无所觉。你的脑海里充斥着无数零星的往事，却全然忘却了这桩灾难。想想吧，你声称相信永恒的生命，那一夜却亲手摧毁了属于我的永生。起初，凭着我们的爱，你充斥于生命里的宗教信仰与崇拜的情状也曾令我悸动。我心悦你，自然也喜爱你身上的品质。当你身着学院衬衫裙跪拜之时，我的心也变得熨帖。

我们住在我写信的这个房间里。蜜月旅行之后，我们为什么回到卡莱斯，回到我母亲这里呢？（我接受不了她把卡莱斯让给我们。她一手打造了这里，将之视若珍宝。）似乎此后，我的怨愤便与日俱增，往日不曾留意或视而不见的场景日渐明晰。早前，你家就以堂叔去世为由取消了婚礼，显然是耻于结下这门寒碜的姻亲。菲利波男爵到处宣扬他的小姨子在巴涅尔–德–吕雄"痴恋"上了一个小伙。他说这个可爱的青年前途无量，富甲一方，但出身微寒，其实都称不上是个家族。他谈到我的时候，似乎在说个野种。但总体来说，他觉得这门亲事还算不坏：我没什么见不得人的亲戚，老母亲还算得体，看起来也安于本分。而你，在他口中是个被宠坏的姑娘，父母对你千依百顺，加上我家财万贯，所以封多黛热家才同意了这门亲事，对其他事也就视若无睹了。

当我听说这些流言的时候，早已习以为常。沉浸在幸福中的我，无暇顾及这些论调。必须承认，这场隐秘的婚礼对我也有好处。在我带领的那个穷酸团体中怎可能找到伴郎呢？我的骄狂也不允许自己主动接近昔日的仇敌。这门光鲜的姻亲确实很容易拉近与他人的关系，但在这封自白信中，我早已骤节败名，也就无须掩饰桀骜的个性了。我从不对谁低头，一向坚持自我，我们的婚姻在这一点上也让我生出了些许愧疚。我曾向你父母保证绝不干扰你的宗教活动，但我仅做到了没加入共济会[1]而已。此外，你的家人对我没有其他要求。宗教在当年被看作是女性的事，在你的圈子里，丈夫陪妻子做弥撒已蔚然成风。然而在吕雄，我已向你们证明，

---

1 最早出现于1717年，是一个资本家共同体联盟。在很多观点上与基督教不相容。

我对此并不反感。

1885年9月,我们从威尼斯归来时,你的父母就以房间被他们和菲利波的朋友占用为由,拒绝我俩前往他们位于瑟农的城堡。因而,我们觉得去我母亲那里暂住一些时日更为妥帖。之前对她的冷酷并不让我们尴尬,只要我们觉得舒适,便不介意与她一起生活。

她藏起了内心的得意,说宅子是我们的,我们爱招待谁都行。她会尽量低调,甚至销声匿迹。"我不会露面,"她补充道,"我整天在外头。"她确实忙于照料葡萄园、酒库、鸡棚和浣洗事宜,只在饭后去楼上的房间待一阵,要是在客厅撞见我们,还会道歉。她进门之前总会先敲门,虽然我跟她说没必要。她还提出让你来掌家,幸好你没扫了她的兴致,当然你也志不在此。你对她是屈尊降贵地恩赐!她对你则是卑躬屈膝地感恩!

你并未如她担心的那样,要我与她决裂,我待她甚至比婚前还要友善。我们肆意的笑声令她震惊:这位年轻而幸福的人夫,竟然就是自己长期自闭且冷漠的儿子。她认为我太过优越,不知如何与我相处,而你恰恰弥补了她的不足。

我还记得,当你在屏风和铃鼓的鼓面上涂鸦时,当你用钢琴弹奏或者哼唱门德尔松的《无词歌》——总在几个相同的段落纠结时，她眼中的艳羡。

年轻的女性朋友有时会来看望你。你会示意道："你们定要见见我婆婆。她是乡村太太的典范，这样的人如今已绝迹。"你发现了她的诸多"风格"，觉得她用土话和仆人说话的方式很有腔调。你还会给她们展示她十五岁时包着头巾的银版摄影肖像照。对于老派的乡村家庭，你还有一套说法："比贵族还要高贵……"那时的你是多客套呀！孩子出生后才让你回归了本性。

我一再拖延叙述那一夜的事。那晚很热，即便你害怕蝙蝠，我们还是打开了百叶窗。明知是挨着房子的椴树在簌簌颤抖，那声音仍像房间深处传来的喘息。风时而在木叶中疾行，仿若骤雨的声响。冷月即将沉落，月华洒在地板上，散乱的衣物如同一只只苍白的魂灵。草场的絮语已然停歇，周围一片空寂。

你说："睡吧，该睡了……"

然而，一道暗影裹挟着我们从炼狱挣脱而来，在我们倦乏的身体里游荡。每当我拥你入怀，这个陌生的鲁道夫便倏忽而至，在你心上猝然苏醒。

我松开怀抱时，仍能隐约窥见他的身影。我不堪重负，惊惧这种感觉，保全幸福的本能开始运转。我自知不该向你质询更多，试图让这个名字如同生活中浮动的气泡般碎裂。这沉睡在死水里的便是腐烂的源头，我从未把这腐臭的秘密从淤泥中抽拔。但你呢，你这个可悲的女人，指望用言语来释放那未被满足的失意。只消一个问题，我便能让你溃不成军：

"这个鲁道夫，他到底是什么人？"

"有些事，我该告诉你的……但放心吧，并不重要！"

你的声音不大，但语气急迫，脑袋也远离了我的肩膀。两具直挺挺的躯体间那丝微不足道的缝隙中筑起了一道不可逾越的天堑。

他的母亲是奥地利人，父亲是北方的一位大实业家。就在我们相识于吕雄的前一年，你在艾克斯陪祖母之时邂逅了他。他从剑桥归来。虽然我并未听你描述过他的样貌，但即刻将自身缺乏的矜贵与渊雅都赋予了他。我这双农夫的手落在月光下的被褥上，骨节粗粝，指甲短小。你说你们从未逾矩，但他不像我这么尊重你。我不太记得你那天坦白的细节了。我在乎这个做什么？关键也不在这里。倘若你并不爱他，只是因某段失败的情感插曲而霍然逝去了年少的纯真，我该释怀的。然而，让我疑惑的是，就在这场刻骨铭心的爱恋结束还不到一年的时间里，你怎就爱上我了呢？这样可怕的想法令我毛骨悚然。我思忖：全都是假的……她在骗我。我并未得到救赎。我何来的自信觉得有个少女会爱上我呢？我是个没人爱的人啊！

天欲破晓，星河寥落。一只乌鸫醒来了。在我们还未体会到风意涌动前，风已拂入叶丛，扬起窗帘，浸润我的眼眸。此情此景同我拥抱幸福的时刻一般无二。十分钟前，那幸福还是存在的，此刻我已开始缅怀那时的幸福。

我问了你一个问题："是他不要你了吗？"

你的争辩言犹在耳，我记得你的虚荣心遭受挑战时的口吻。你说，恰恰相反，他为能娶到封多黛热家的小姐而欣喜和骄傲。然而，他的父母难以接受这门亲事，因为听说了你的两个弟弟还没成年就死于肺痨，而鲁道夫的身体本就孱弱。

我心平气和地发问。你根本意识不到自己在摧毁什么。

"亲爱的，这一切于我俩来说是命中注定。你也知道我父母有多高傲，甚至有些可笑，这点我承认。开诚布公地讲，正是因为那段错失的婚约让他们心有余悸，才有了咱们今日的幸福。别忘了，在我们圈子里，一旦谈及婚事，健康至关重要。妈妈认为坊间都知道了我的情史，不会有人愿意娶我了，她断定我只能一辈子当个老姑娘。那几个月，她让我活得暗无天日！是嫌我还不够悲惨吗……最终，她让我和爸爸都相信我嫁不出去了。"

我暗暗吞下所有惹你怀疑的话语。你反复念叨一切都是我们爱情的铺垫。

"我对你一见钟情。在去吕雄前，我们在卢尔德祷告了许久。一见你我便明白，上帝显灵了。"

你想不到这番话会引起我的愤怒。你们无法料到，自己当作对手的那些人私下会把宗教置于不可侵犯的高地，这一点连他们自己都始料未及。若非如此，他们又怎会因你们卑劣的修道行径而受伤呢？难道在你们眼中，向称为"父神"的上帝索取俗世利益是件驾轻就熟的事吗？但都无所谓了……你这番言论的中心思想是：你和你的家人饥不择食地扑向了路上遇到的第一只蜗牛[1]。

直到这一刻我才明白，我们的婚姻如此不般配。你母亲应是被打击到神志不清了，连累你和你父亲也被影响……你还告诉我，菲利波一家曾威胁你，如果我们成婚就和你断绝往来。没错，我们在吕雄嘲笑这个傻子时，他正不遗余力地在你家人面前拆散我们。

---

1 出自拉封丹寓言中的《白鹭》，形容饥不择食的人，讽刺过于苛求反而会一无所得。

"亲爱的，但我对你坚定不移，他枉费了心机。"你一再强调自己无怨无悔。我由着你往下说。你很肯定就算和这个鲁道夫修成正果，也不会幸福。他太优秀，不会爱人，只懂被爱。谁都有可能从你身边把他抢走。

你没有发觉，每当提及他的名字，自己的语调都变了。放低了频率，战栗着，幽咽着，仿若旧日压抑在胸间的悲叹，单单就着"鲁道夫"这个名字便破土而出了。

他不会给你带来幸福，是因为仪表不凡、风度翩翩、惹人爱怜。这意味着，我能令你满意，是出于我的面目可憎、尖酸刻薄，让人避而远之。你说受不了在剑桥留学的男子，因为他们总爱展露英伦派头……难道你更想找一个不会挑衣服材质、不会打领带的丈夫吗？而且这个人厌恶运动，对没有价值的学术从不浪费时间，不懂世故练达，躲不开别人坦荡荡的剖白，反正是个活得既不欢畅也不高雅的人。不，你并不想找这样的丈夫，不幸的是你只找到这么一个人。你会选择我，是因为那一年你的母亲正好被更年期的焦虑所折磨，逼你相信自己要嫁不出去了；是因为你既不愿也不能再当半年的剩女了；也因为我财力雄厚，在世人眼中这理由已足够充分。

我屏住慌乱的呼吸，紧握双拳，死死咬着下唇。时至今日，每当我自暴自弃以致身心俱疲时，仍会想起1885年的自己。这个刚为人夫的二十三岁男子，抱肘于胸前，蛮横地浇熄韶光中的情火。

你察觉我浑身发抖，打住了话头。

"路易，你冷吗？"

我回答说只是打了个寒战，并不要紧。

"你应该不至于吃醋了吧？那可就太傻了……"

我向你发誓自己完全没有醋意，这并非谎言。这场大戏的展开早已越过嫉妒的范畴，你怎么可能理解呢？

虽然你压根儿不知道我被伤得有多深，但我的沉默还是让你有所警觉。你在暗夜中摸索我的额头，轻抚我的面颊：我的脸上并无泪痕。但也许是这双手在熟稔的面孔上摸到了陌生的僵硬与紧绷，你半趴在我身上，想要点燃烛火，却总是划不着火柴。我被你狰狞的身躯压得喘不过气来。

"你怎么了？别不说话。你这样让我害怕。"

我假意错愕，向你保证没有什么值得忧心的事。

"亲爱的，你让我提心吊胆，傻不傻呀！我要熄灯睡觉了。"

你不再作声。我凝望着新一天的降临——我全新生活的伊始。燕子在屋檐下私语。有人趿着木鞋在院中走过。四十五年后，这些声音仍在耳畔回响：鸡鸣、晨钟、高架桥上驶过的货运列车。而那时涌入鼻尖的气息也依然如故：我爱极了那海畔荒野上带着灼意的风所卷挟而来的灰烬的味道。我一下坐了起来。

"伊莎，你哭泣的那晚，就是我们坐在苏佩巴涅尔曲径旁的长椅上那晚，你是为了他而哭的吧？"

你并未作答。我拽住你的胳膊，你挣扎着，喉间溢出困兽般不满的低吟。你翻身侧卧，枕着一头长发沉沉睡去了。拂晓的寒意沁入肺腑，你胡乱地拉起被褥，盖在自己如沉睡的幼兽般瑟缩的身上。我何必惊扰孩童的酣梦呢？我想要的答案，不是已然知晓了吗？

我悄然起床，赤脚走到衣柜的镜前。我对镜自视，仿佛看着一个陌生人，更确切地说，仿佛看到自己变回了过去的样子：那个没人喜欢的人，世上无人会因他而伤怀。我的青春是如此可悲。我用这双农民特有的大手来回摩挲着尚未修面的脸颊，其上已暗沉沉地覆了一层泛着红棕光泽的坚硬胡楂儿。

我默默穿好衣服，下楼走进花园。母亲早在玫瑰花径中。为了提前给房屋通风，她起床的时间要早于仆从。

"你也贪凉出来透气？"她指着雾霭弥漫的荒野，继续道，"今天闷热得很，八点我就要关门窗了。"

我拥抱了她，比往日更为柔情。她低声说："我的乖乖……"此刻我的心（提起我的心会让你惊讶吗？），我的心亟欲崩裂。话到嘴边却支吾其词。该从何说起呢？她能理解我吗？缄默是我难抵时得心应手的伎俩。

我朝着低处的露台走去。葡萄园上方隐约浮现一片瘦弱的果树。山肩卷起云霭，又将其撕得粉碎。一个村落在晨雾中若隐若现，紧接着一座教堂如有机生命般跃然而出。你总以为我对这类物事麻木不仁……然而这一刻，我感应到了，如我这般万念俱灰的生灵，也可以去追寻失败的缘由与意义，即便是失意一场，也可能蕴含某种隐喻。人生要经历万千磨难，尤其是感情中事，也许它们正是解开奥义的前兆……是的，我的生命中也有过灵光乍现的时刻，我几乎窥见了可以将你我连接起来的物什。

那日早晨的情绪也就堪堪维系了几秒钟。我记得自己又向屋里走去。还不到八点，烈日已将大地炙烤得滚烫。你站在窗前，头偏向一侧，一手抓着头发，一手梳理着。你并未注意到我。我抬头望向你，那一刹那，我被怨恨缠裹到无法动弹。那么多年过去了，那苦涩的滋味依然在舌尖萦绕。

我跑进书房，打开带锁的抽屉，取出一方皱巴巴的帕子。这正是苏佩巴涅尔那夜为你拭泪的手帕。我这个可悲的蠢货啊，曾把它紧紧贴于胸口。我拿着它，给它绑上一块石头，就像溺毙一条活狗一样，把它丢进了当地被称作"臭水沟"的那片水塘里。

5

我们持续了四十多年的大沉默时代就此开启了,从未间断。从表面却完全看不出我们的关系已然崩塌,一切就如琴瑟和鸣时一样。我们仍旧维系着肉体的结合,但在欢爱时再也没有闪现过鲁道夫的影子,你也再未提起这个可怕的名字。他应你的召唤而来,在我们的床畔肆意游荡,最终完成了毁灭的使命。如今,他只要静待后续即可,顺其自然便能带出连锁反应。

也许你也发现了向我坦白并不明智,但不清楚它的威力有多深,最保险的方法是将这个名字从谈话中彻底抹去。不知你是否察觉我们的夜谈再也回不到过去了,滔滔不绝的交流终结了。我们再也不会讨论任何不合时宜的话题,对彼此都有了戒心。

夜半，我常惊醒，是被痛苦唤醒的。我们二人就像掉入陷阱的狐狸[1]。我想象着，若我粗暴地将你摇醒，把你推下床去，我们的对话将如何展开呢？

"不，我没有骗你！"你定会这样大喊，"我是爱你的……"

没错，不过把我当作权宜之计罢了。虽没有意义，但温香软玉确实容易让人迷醉，让人相信对方的爱意。我并非恶魔，所以愿意为第一个肯来爱我的少女放低身段。有时，我在深夜里哀叹，你却仍在沉睡。

然而，你怀孕了，这逐渐改变了我们的关系，也让所有的理由都变得苍白。我在葡萄采摘季之前听说了这个消息。我们重返都市后，你小产了，卧床休息了好几周。第二年春日，你再次有孕，需要更细心的呵护。接下来的几年里，你就在接二连三的怀胎、出岔和分娩中度过。这也让我有了疏远你的充分借口。我暗中堕入了放荡的生活。的确非常隐秘，因为我开始频繁为人辩护，就如母亲所说，我总是忙于"案子"。于我而

---

1 来源于伊索寓言《断尾的狐狸》，在陷阱中断尾求生的狐狸，因为羞愧，想靠言语欺骗，让同伴变得跟自己一样。

言，也是在挽回颜面。我有了自己的作息和习惯，在外省放浪的生活练就了我瞒天过海的本事。放心吧，伊莎，我不会逼你倾听那些令你厌恶的桥段，不用担心我会跟你描绘我日日沉溺的苦海。你曾把我解救出来，又将我丢弃于此。

即便我并不谨慎，你也不可能洞悉。于贝尔出生后，你便释放了本性：你是且仅是个母亲。你不再关注我，再也看不到我。千真万确，你的眼里只有孩子。让你受孕，这是你对我的诉求，完成后我便能功成身退了。

只要孩子没长大，我对他们兴味索然，我们就不会有矛盾。我们只在例行公事般的肢体碰触中相会，那是出于身体本能的律动。这对男女的肉体与彼此的心相隔千里。

只有当我别有用心地围着孩子时，你才会发现我的存在；只有在我声称自己也有管束他们的权力时，你才会对我展露恨意。跟你说点让你高兴的事吧，我承认当时并非觉醒了父爱的本能，事实上你对他们燃起的激情很快让我心生忌妒。是的，我想把他们从你手中夺过来，是为了惩罚你。我为自己安上了道貌岸然的借口，还特别强调了责任的驱使：不想看到一个偏执的女人来误导孩子的思想。虽然这些不过是幌子，但也不算谎言！

我还要写下去吗？这些文字本是为你而写，但我觉得你已不太可能读下去。说到底，这是写给我自己的。一位老律师在整理人生的资料和文件，他的一生就是一场败诉的官司。钟声回荡……明天是复活节。我答应过你，会下楼度过这个神圣的节日。

你今早跟我说："孩子们老抱怨见不到你。"当时我们的女儿热娜维耶芙也在场，就站在我床畔。为了让我们独处，你离开了。她来找我定有所求，之前我就听到你们在走廊上耳语。你对热娜维耶芙说："最好还是你先开口。"事关她的女婿菲力这个无赖，可只要我不想听，就能轻松转移话题。热娜维耶芙离开的时候一个字都没能说出口。我知道她想要什么，先前就听到了。我房间楼下是客厅，只要那里的窗开着，我略微留意便能听清。菲力想向我借钱，然后给一位证券经纪人注资四分之一。又是投资，和先前没有两样……仿佛我看不到风雨欲来似的，仿佛现在最好的做法不是把钱锁起来似的。他们若是知道我上个月察觉股市下跌后，付诸了什么行动的话……

他们都去做晚祷了。复活节这天，屋里屋外冷冷清清，田间地头空空荡荡。我踽踽独行，老病交加将我变成了行将就木的浮士德[1]，隔绝了凡尘的欢愉。他们不懂迟暮之年的感受。午餐时，他们聚精会神，期待从我嘴里不经意泄露点儿股市和商海的小道消息。我主要是说给于贝尔听的，如果还不算太晚，希望他能悬崖勒马。听我讲话时，他的脸上阴云密布……不愧是个缺心眼儿的人！一旦他的餐盘空了，你就立刻给他满上。天下可怜的母亲看到儿子郁郁寡欢时，都执着于为他们添饭，似乎多吃点儿总是好的，能得到一星半点儿的安慰都是好的。他对你极不耐烦，就像彼时我对母亲也没什么好脸色。

小菲力为我斟酒时多殷勤呀！还有他的妻子，也就是我们的外孙女雅妮娜，她也对我发出假意的关切："外公，抽烟对您不好。就算抽一支也是多。您喝的是无咖啡因的咖啡吧？确定没弄错吧？"可怜的孩子演技太差，听起来很虚伪。她的语音语调让她原形毕露。你也一样，你年轻时也很造作，但自打怀孕后就做回了自己。而雅妮娜，她至死都只会是一个紧跟时事、人云亦云、偏听偏信且没有丝毫主见的女人。而菲力呢，他随心所欲惯了，一个卑鄙小人罢了。他真的能忍受同这个小傻子一起生活吗？也不能这么说，她身上的一切都是假的，一往情深却是真的。她之所以演技拙劣，是因为在她眼里除了爱

---

[1] 歌德代表作《浮士德》中的主人公。

情，别的都不值一提。

饭后，我们坐到了门前的台阶上。雅妮娜和菲力满脸恳切地望着他们的母亲热娜维耶芙，后者又把相同的眼神抛给了你。你悄悄示意自己爱莫能助。热娜维耶芙站了起来，问我道：

"爸爸，愿意和我一起走走吗？"

我竟让所有人惊惧至此！我有些同情她。起初我是打算不动如山的，最终还是起身挽起了她的胳膊。我们在草场上来回踱步，全家人都在台阶上望着我们。她很快进入了正题。

"我想和你聊聊菲力。"

她颤抖不止。我竟把自己的孩子吓成这样，这种感觉令我灰心。但你们以为一个六十八岁的老人还能随意收放冷峻的神色吗？到了这个年纪，面部表情早已瘫痪。当内心无法得以张扬时，灵魂只会日渐颓败。热娜维耶芙急忙抛出烂熟于心的话术，说的正是关于在证券经纪人处注资四分之一的事。她还刻意强调了最有可能打动我的点，说无所事事的菲力危害了家庭未来的体面，他要不务正业了。我表示，像她女婿这种人，所谓的"注资四分之一"也不过是游手好闲的借口。她维护说，所有人都喜欢菲力。

"我们对他不能像对雅妮娜那样严厉……"

我反驳了她的观点，表示自己对他没有好恶，不会评判他，也全然不关心他的感情生活。

"他关心过我吗？为何要我关心他？"

"他十分仰慕您……"

这句无耻的谎话将我压抑心头的情绪释放了出来。

"孩子，可你的菲力还叫我'老鳄鱼[1]'呢！别不承认。我背地里听他叫过好几回了。我不会令他失望的：我就是鳄鱼，永远是条鳄鱼。除了等待他死，对老鳄鱼就别抱什么期待了。即便他死了……"我不小心加了一句，"即便他死了，也有的是办法作恶。"（我很后悔说了这句话，进而引起了她的怀疑。）

热娜维耶芙胆战心惊，她反对我的观点，以为我很介意这个侮辱性的绰号。事实上，菲力的朝气蓬勃才是令我生厌之处。她如何能想到，在这个面目可憎的老头眼中，这个志得意满的小子意味着什么？他年少时就过得醉生梦死，而这样的生活，是这个绝望的老头活了半生也未曾体验过的。我痛恨年轻人，深恶痛绝，尤其这位菲力。他就像一只从窗口偷溜进家里的猫，鬼鬼祟祟地循味而来。我的外孙女虽然没有异常丰厚的嫁妆，却拥有炜丽触目的"出路"。这是家里所有孩子的出

---

[1] 出自《伊索寓言》。形容冷血而虚伪的恶人。

路！想得以兑现，就必须踏过我们的尸体。

热娜维耶芙吸了吸鼻子，抹了把眼睛。我顾左右而言他：

"反正你还有个做朗姆酒生意的丈夫呢。只要让善良的阿尔弗雷德给自己的女婿安排个差事就行。何必要我越俎代庖呢？"

说起可怜的阿尔弗雷德时，她又换了种语调。他是如此令人作呕，让她不屑一顾！话里话外都是他的胆小怕事。他把生意越做越小，公司日渐亏空。从前偌大的商行，如今只剩下两个岗位。

我却因她拥有这样的丈夫而赞叹。暴雨来临时，确实应当收起风帆，未来将属于像阿尔弗雷德那样苟且偷安的人。如今这世道，不成规模才是经商的首要品质。她以为我在戏弄她，其实这是我内心的真实想法，我甚至宁愿把钱锁在家里，也不愿冒险存到银行。

我们又朝屋子走去。热娜维耶芙不敢再出声，我也不再挽着她的胳膊。全家人围坐成一圈，盯着我们，显然已意识到情况不妙。毋庸置疑，我们的归来打断了于贝尔一家与热娜维耶芙一家的争吵。若是哪天我同意放弃财产，会引发怎样的轩然大波啊！菲力独自站了起来，风扬起了他打结的发丝，他穿着一件开领的短袖衬衫。我受不了时下的这些小伙，一个个都像健壮的女娃一样。雅妮娜问了个尴尬的问题："怎么样？你们聊了吗？"

我慢条斯理地回答："我们聊到了'一条老鳄鱼'……"菲力稚嫩的脸颊顿时变得滚烫。

再次声明，我并非因为他出言不逊而厌恶他。他们不懂老迈的滋味，无法想象这是怎样的一种煎熬：生时一无所有，对卒后的世界也没有期待。生命的那头亦是一片虚无，不会有解释，谜底永远不会揭晓……而你，你没经历过我所受的折磨，也不会经历这些。孩子们并不盼望你死，而是以自己的方式敬爱你、心疼你，他们一早就站在了你那边。我也爱过他们。热娜维耶芙，这个四十岁的臃肿女人，刚才为了自己的无赖女婿，企图从我这里勒索四十万法郎。可我还记得她幼时在我膝下的模样，我一抱起她，你就把她叫走。若我继续把现在和过去的事搅在一起写，可能永远完不成这篇自白。我会尽量理清一些思路。

6

我对你的恨意并非那个灾难夜后瞬息形成的,而是在察觉你对我的冷漠后,在看清你的眼里只有啼哭、吵闹和贪食的孩子后,才一点点滋生的。你甚至没留意到,我不到三十岁就成了一位任劳任怨的商务律师,被誉为该领域杰出的青年才俊,名气在全法仅次于巴黎的一位同行。尤其在1893年的维尔纳夫案之后,我还表现出刑事辩护律师的卓越才能(在这两个赛道都成绩斐然十分难得),而你是唯一一个对我当时轰动一时的辩护无动于衷的人。也正是那一年,你我之间的不睦发展成了公然对立。

这起家喻户晓的维尔纳夫案让我声名大噪,却也像收紧的虎钳一样,夹得我难以喘息。过去我的心中或许尚存希望,但这起案件让我彻底认清：在你眼中没有我。

维尔纳夫这对夫妇的故事，你还有印象吗？这对夫妇结婚二十载依然情深，成为一时美谈，当时还有种说法叫"维尔纳夫式的恩爱"。当年，这对夫妻与年约十五岁的独子一起生活在奥尔农城关附近的一座城堡里，几乎避世而居，悠然自得。你母亲形容这是"书本里才能看到的爱情"，她的外孙女热娜维耶芙继承了她的衣钵，这类漂亮话也能信手拈来。我敢肯定，你早就忘记这桩悲剧了。若我讲出来，还会被你嘲讽，如同昔日我在饭桌上提起自己的考试和竞赛一样……但无所谓了！某日早晨，仆人在楼下打扫房间时，听到二楼传来一声枪响，伴随着一声惶恐的尖叫。他冲上楼，主人的房门紧闭。他无意间听到轻微的说话声、家具挪动的沉闷骚动声，以及洗手间里传来的急促脚步声。过了一会儿，门闩在他不断晃动中掉落下来，门打开了，只见满身是血的维尔纳夫穿着衬衣，躺在床上；穿着晨袍的维尔纳夫太太站在床尾，头发散乱，手里举着一把左轮手枪。她说："我打伤了维尔纳夫，赶紧把医生、外科大夫和警长叫过来，我就等在这里。"从她口中得到的供词只有"我打伤了丈夫"。维尔纳夫先生能开口说话时，也证实了这一说辞，并拒绝提供其他信息。

被告不想请律师。作为他们一位友人的女婿，我被法院指定为她辩护。我每日去探监，可从这个固执的女人嘴里撬不出任何线索。满城都流传着她的流言，简直荒诞至极。但我从第一天起就相信她是无辜的。她自愿担罪，那位珍爱她的丈夫也附和了她的说辞。像我这样没人爱的男人在面对他人的情爱时，嗅觉异常灵敏！这个女人全身心地爱着伴侣，她没对丈夫开枪。难道她是想用身体做掩护，由此防止某个被拒的爱慕者袭击丈夫吗？可此前一天，没人进入过这栋宅邸，家中也没有常来常往的访客……算了，我就不跟你复述这桩旧事了。

直到出庭辩护的当天早上，我还打算采取消极态度，只表明维尔纳夫太太不可能实施她认下的罪行。转折就在庭审的最后一刻，她儿子小伊夫的证词，更确切地说（证词本身没什么意义，无法让真相浮出水面），是这位母亲仓促间向儿子投去的哀求目光，以及儿子离开证人席时，母亲如释重负的神情，这才赫然揭开了真相。我指控了他们的儿子，这个因父亲得到太多关爱而心生妒忌的病态少年。我慷慨激昂地展开了一番即兴推理，如今这段演说早已脍炙人口。连F教授都曾坦言，自己理论体系的要点也是受此启发；它还让青少年心理学和神经症治疗学这两门学科焕然一新。

亲爱的伊莎，我追忆这段往事并非是在四十年后还一心唤起你的仰慕。在我当年志得意满之时，在东方和西方的报纸都挂满我的肖像之时，你都没流露过这种神情。恰恰相反，在我职业生涯的鼎盛时刻，你的漠然让我体会到了被人厌弃的孤寂。而在那几周里，在四壁紧锁的铁窗之内，我见到了一个自我牺牲的女人：她并非为了拯救自己的孩子，而是为了救赎丈夫的孩子，是为了给爱人留下一丝血脉。是那个受了伤的人在苦苦哀求她："你来认罪吧……"她把爱情演绎到了极致，甚至甘愿让世人相信她是罪犯，一个谋害自己唯一挚爱的凶手。她的动机是男女之爱，而非母爱……（后续发展也证实了这点：她与儿子分道扬镳，以各种借口永久远离了他。）我本来可以像维尔纳夫一样成为一个被爱的男人。在案件受理期间，我经常见到他。与我相比，他有何优越呢？也许更俊朗、更有教养吧，但并不是特别聪明，官司过后他对我的敌意便是明证。我拥有某种天赋，如果彼时有个深爱我的妻子，还有什么高度是我无法攀登的呢？怀抱自信不是独自一人能达成的事。我们的能力需要有人来见证，得有人计数，有人打分，有人在领奖那天为我们加冕。就像旧时在学校的颁奖仪式上，我抱着一堆书本，在人海中搜索母亲的视线，而她会在军乐声中将金色的桂冠戴在我新剃的头上。

就在维尔纳夫案审理期间，我母亲的身体每况愈下。我也是渐渐发觉的。她对一条小黑狗产生了兴趣，只要我靠近，小狗便狂吠不止。这是她健康衰退的第一个征兆。每次去看她，我们聊的话题都围着这条小狗，对我的事她已不再关心。

更何况，在我生命的拐点，母爱也无法代替本可以拯救我的情爱。母亲把耽溺金钱的毛病传给了我，我的血液中流淌着对金钱的迷狂。母亲竭尽全力让我在她所谓"赚翻"的事业中大展手脚。我对文学颇有兴趣，还收到过各大报纸和杂志期刊抛来的橄榄枝，更有左翼党人推荐我作为巴斯蒂德市的候选人参加选举（后来代替我参选之人轻而易举地获选了）。但我压抑了这些野心，只因不想放弃这份"赚翻"的事业。

这也是你的愿望。你曾拐弯抹角地透露自己不去外省的决心。一个女人若爱我，必定珍视我的羽毛。她会劝我，生活的艺术是放下低俗的欲望，追求高尚的趣味。愚蠢的记者会因某位当上议员或部长的律师滥用职权、谋取蝇头小利而义愤填膺，却十分钦佩那些明确了解如何为欲望理性分级的人，以及那些重政绩、轻商业利益的人。你若爱我，理应治愈我。我把眼前利益看得高于一切，不会为了追逐权力的幻影而放弃微末的律师酬金。在我看来，脱离了实际，这些虚无缥缈的权力根本抓不住。可是，有影子的东西定是有实体的。而我，与街角杂货商的追求一样，聊以慰藉的只有"赚翻"而已。

在那些难熬的年岁里赚取的钱财，是我身上仅剩的物什。你们竟还妄想我会将之丢弃。一想到在我死后你们便能坐享其成，便让我窒息。起笔时我曾告诉你，我已做好让你们一无所获的准备，也表明后来又抛却了那个计划……但我小看了萦绕心头那起伏涨落的恨意。它落下去时，我的心变得柔软；它涌上来时，奔腾的浊浪便吞没了我。

今天，复活节这天，经历了这波为菲力而对我采取的财产攻势后，我回想着当时在门前齐齐围坐成一圈的所谓家人，一个个虎视眈眈地窥伺着我。那一刻，你们瓜分财产的场景便闪入了我的脑海，届时你们定会斗得你死我活，会跟恶狗似的，为了我的土地与证券互相残杀。土地留给你们，证券就别想了。信件开头我跟你提到的证券，上周涨到最高价时已被我抛售，此后就在逐日下跌。我甫一退场，所有的船都沉了。我从不会出错。数百万的现金，也留给你们。只要我点头，便是你们的。也有时候，我又决心让你们分文不获……

我听见你们上楼时的轻声细语。你们停下脚步，也不担心交谈会打扰我（以为我已经聋了）。烛火的微光从房门下方的缝隙涌了进来。我认出菲力尖细的嗓音（听上去还在变声期似的），忽而又传来姑娘们刻意压低的一阵笑声。你呵斥了她们，随即说道："我敢担保，他还没睡……"你靠近房门，侧耳倾听，透过锁眼望了进来。灯光出卖了我。你又走向那伙人，低声说道："他还醒着，正听着你们讲话呢……"

众人蹑手蹑脚地走远了，楼梯吱嘎作响，房门一扇接一扇地关上了。在这复活节的夜晚，屋里皆是成双成对的夫妻。而我，本可以成为撑起这些柔枝的坚韧树干。大多数父亲是受人爱戴的。然而，你是我的敌人，我的孩子都投到了敌对阵营之中。

现在该面对这场战役了。我已无力写下去。可我讨厌睡觉，讨厌卧躺，即便我的心脏需要我这么做。到了这个年龄，沉睡会招来死神的垂目。似乎只要我站着，死神就不会前来。我为何畏惧死亡呢？是生理上的恐惧吗？是惧怕弥留之际的痛楚吗？不，我只是害怕一切都不复存在，死亡意味着虚无——这是它唯一的存在形式。

7

只要三个孩子稚气未脱,我们的对立便不显端倪,如同一潭死水。只要你对我漠不关心,漠视一切关于我的事,家里的氛围就不会让你觉得煎熬。你甚至察觉不到它的存在,更何况我成天不着家。为了正午赶去法院,我十一点就会独自用餐。我通宵达旦地忙于诉讼,所剩无几的时间本可以陪伴家人,你也能猜出后来我把它们用在了哪里。为何我要堕入这纯粹无耻的荒淫中呢?抛弃了粉饰太平的惯用伎俩,简单粗暴,全然不谈感情,甚至连虚情假意都说不上。我本可以轻而易举地收获几段世人欣羡的情事:我这个年龄的律师,怎可能没几个人投怀送抱呢?许多年轻女人跃跃欲试,她们看重的不仅是我的事业,也想撩拨我这个男人……然而,我早已不信女人,更确切地说，我不相信自己还有讨人喜欢的能力。初见时，我便能察觉她们的意图，知道她们对我有兴趣，明白她们在引诱我。一想到她们全是为了牟利，我便心灰意懒。我悲凉地坚信没人会爱我，作为一个疑神疑鬼的有钱人，我还害怕被欺骗、被利用。没必要不承认吧？对你，我发放了"津贴"。你很了解我，所以不期待在固定金额外我会多给一分钱。这笔费用绰绰有余，你从未超支，在这一点上我有信心。可其他女人就难说了！我是个傻子，自欺欺人地相信世上存在一些无私的有情人，而剩下的全是唯利是图的妖精。在我看来，似乎大多数的女人，若不是真爱至上，就是需要得到抚养、保护与娇惯，这两者是无法并行的。

六十八岁了！我拒绝情事，并非出于德行，而是因为多疑与吝啬。有时，我会因这样清醒的认知而怨怒难抑。我有过几段戛然落幕的暧昧，或许是我杯弓蛇影地误会了对方再正当不过的要求，又或许是我那些惹人讨厌的癖好使然。对此你再清楚不过，为了一点小费，我经常与车夫或餐馆服务员争执不休。我喜欢预先了解应付的酬劳，钟情一切都公开标明价格。我敢坦言自己恬不知耻的心态吗？我属意眠花宿柳，大抵是因为明码标价。于我而言，内心的渴求与肉体的欢愉有何关联？灵魂的渴望，在我有生之年都不指望填上了。这样的心绪一萌芽便会被掐灭。每当需要凭借自我意愿在情感中生死抉择的那一刻，每当我们直面情欲，尚可以把持耽溺爱河或者悬崖勒马的时刻，我都会化成断情绝爱的能手。我选择了最简单的方式——实价获取。我讨厌被玩弄，但该给的，我都会付。你们怪我吝啬，但我从不赊欠，一贯现金结款。了解情况的供应商都交口称赞。就算只欠别人一小笔钱我都受不了。这就是我对"爱"的理解：有来有往的交易……肮脏至极！

为了自我贬低，我过于上纲上线了。不，我爱过，或许也被人爱过……就在1919年，我的风华即将燃尽之时。何必对那段情事讳莫如深呢？你早已知晓，当初逼我决策时，你就提及过此事。

我在预审时救过一名小学女教师（她因一起杀婴案而面临起诉）。起初，她是因感激才献身于我的，后来……是，没错，那一年我也徜徉过情海。但我的贪得无厌让我失去了一切。因我之故，她不仅落入了近乎凄惨的窘境，还要随时听我传唤。她离群索居地生活，我对她呼之即来，挥之即去。在我难得的公余之暇，她时刻得应付我的心血来潮。她成了我的私有物。我对物品的控制、使用和挥霍，也沿袭到了对人的态度上。我想要的应该是奴隶。这是唯一一次，我觉得自己找到了符合条件的祭品。我甚至还会监视她眼神的变化……差点忘了，我答应过你不提这些事。后来她忍无可忍,去了巴黎……

你常对我说:"要是你只跟我们有矛盾也就罢了,但路易,所有人都怕你,躲着你,你要看清现实!"是的,我看得出来……在法院,我也一直孤身一人。他们拖到最后才把我选入律师公会理事会,宁可选一群傻子也不选我当会长。这样的会长我也不想当。说白了,我又何尝渴望这种荣誉呢?作为会长必须代表公会,对外交际应酬,都是些花销极大的虚名,得不偿失。而你,为了孩子,期待我当选。你从没考虑过我本人的意愿。"为了孩子们,加把劲儿!"

我们婚后次年,你的父亲第一次发病,从此瑟农城堡就对我们关上了大门。很快,你便扎根在卡莱斯。在我身上,你真正看中的只有这座墟落。你扎根在我的土地上,但我们的根须没有相连。你的孩子在这栋宅邸、这座院落里度过了所有假日,我们的小玛丽也是在这里夭折的。她的死非但没有使你惊魂丧魄,你还给她受难的房间赋予了神圣色彩。你在这里毓子孕孙;你在这里照料病中的孩子,一夜十往地守护摇篮;你也在这里与保姆及家庭教师唇枪舌剑。你把几根绳子系在苹果树间,在上面挂着玛丽那些洗涤干净的小罩衣。也是在这间客厅里,阿尔杜安神甫把孩子聚在一起,围着钢琴合唱。为了避免激怒我，他们并非总唱圣歌。

夏夜，我在门前抽烟，耳畔传来澄净的乐音，是吕利[1]的曲子。"啊！这树林，这峭壁，这清泉……"我清楚，那恬静如水的喜乐，是将我排除在外的；那澄澈的幻境，是我无法抵达的禁区。静谧的爱潮与柔缓的波澜一齐向我涌来，却在离我脚下的礁石几步之遥之地消失无踪。

我步入客厅，声音骤停。我一走近，所有的交谈都被打断。热娜维耶芙拿起一本书走开了。只有玛丽不惧我，我一唤，她便来。我是强行把她抱起来的，可她也乐意窝在我怀里。我听见她的心跳如雀跃的小鸟，我一放开，她便飞入花园……玛丽啊！

很早以前，我不参加弥撒和周五吃肉排的行为就让孩子们惶惶了，但他们鲜少目睹我们战火迸发，通常我是落败方。每回战败，战役还会延宕成一场地下战。卡莱斯是我们的主战场，因为我从不去城区的寓所。法院的假期与中学放假的日子恰好都在8、9月，所以我们相聚在了卡莱斯。

我还记得咱们正面交锋的那一天（起因是我在热娜维耶芙朗诵"圣史"时开了个玩笑）。我表示自己享有维护孩子思想

---

1 让·巴普蒂斯特·吕利，法国作曲家。

健康的权利,你反驳说自己有义务让他们的灵魂免受侵害。第一回落败时,我曾答应让于贝尔接受耶稣会神甫的教导,也把两个女儿托付给了圣心会的修女。我让步是因为封多黛热家族的传统在我眼里还有几分威望。但我渴望一雪前耻。更重要的是,那一天我找到了让你怒火中烧、让你必须抛却冷漠面具的话题,我吸引了你的注意,哪怕它的表现是恨意。我终于找到了决斗场,还是逼你出手了。不久前,没有宗教信仰于我而言还只是空洞的形式,它是由富裕的小农子弟受到资产阶级同学歧视后产生的屈辱所铸就的。如今,这个空洞的形式里还注入了失意的爱恋与几近无穷的愤懑。

午餐时,战火再次燃起(我质问你,若是上帝看到你吃了虹鳟而非清炖牛肉,该多高兴)。你离开了餐桌,我还记得孩子们看我的眼神。我跟着你进了房间,你双目干涩,与我讲话的口气冷硬至极。那一天我才明白,你并非如我所想那般对我的生活满不在乎:你手上有几封信件,足以获准我们分居。

"我是为了孩子才继续跟你过的,但如果你的存在危害了他们的灵魂,我会毫不犹豫地离开。"

是的,你绝不会因抛弃我而有所犹豫。不管是我,还是我的钱。即便你自己也有私心,但为了让那堆教义、礼仪、用语和这份迷狂在孩子们心中完好地流传下去,你不惜牺牲一切。

彼时，我还没拿到玛丽死后你给我写的那封谩骂信，形势对你非常有利。若打官司，我的地位将岌岌可危。那个时代，外省圈层对这类话题噤若寒蝉。外界早有传言我是共济会会员，我的理念让我处于社会的边缘。没了你家族威望的扶持，这些想法会让我损失惨重。尤其……一旦分居，我就得退还你嫁妆中苏伊士运河公司的股权，可我早已习惯将它们当作私产。一想到得放弃这些股权，我就坐立难安（还没算上你父亲给我们的年金……）。

我从风而服，对你百依百顺，但我决心利用闲暇把孩子们抢回来。1896年8月初，我下了这个决定。在我的脑海里，往昔那些带着悲凉灼意的夏日影影绰绰地混在了一起。我同你追忆的这些往事大约都发生在这五年之间（1895年—1900年）。

我没把赢回孩子当作一件难事，依仗的是作为父亲的威望与才智。不过是一个十岁的小男孩和两个小女孩，蛊惑他们在我眼里十拿九稳。我还记得当初约他们和爸爸一起出门遛弯儿时他们眼中的错愕与忐忑。你坐在院中的银毛椴下，他们用目光征询你的意见。

"宝贝们，你们不需要征得我同意。"

我们出发了。可是该如何同孩子交流呢？我常年与检察官对抗，若我是原告代理律师，与我对峙的就是辩护人。我在剑拔弩张的法庭上冲锋陷阵，连重罪法庭的审判长也对我心怀忌惮。可我却害怕孩子，面对孩童和平民，甚至生养我的农民时，我手足无措，连话都说不清楚。

孩子们对我还算友好，但始终忐忑。你早已占据这三颗心灵，在关隘处严防死守。没有你的允许，我无法攻入半分。你步步为营，虽没在他们面前贬低我，却堂而皇之地要他们多为"不幸的爸爸"祷告。无论我做什么，在他们的世界体系里，对我已早有决断：这是不幸的爸爸，得多为他祷告，让他皈依上帝。我谈论或影射任何的宗教话题，都夯实了他们对我的天真看法。

他们活在一个奇妙的世界里，用一个个虔诚庆祝的节日勾勒着生活的面貌。你只消聊起他们即将投入或准备参加的初领圣体仪式，便能让他们帖服。夜晚，他们在卡莱斯门前的台阶上吟唱，并非全是吕利的作品，还有一些圣歌。我远远望见这群模糊的身影，皎皎月色下，我认出三张朝天仰望的小脸。而我迈入砂石小路的脚步声，往往令歌声骤停。

每个周日，我都会被你们出门做弥撒的噪声吵醒。你总担心错过弥撒；马儿不安地打着响鼻；有人在呼喊迟迟未到的女厨师；一个孩子忘带了祈祷书；还有一声尖锐的喊叫："今天是圣灵降临节后的第几个周五？"

弥撒归来，他们前来拥抱我时，发现我还躺在床上。小玛丽为我念诵了她学过的所有祷词，然后专心致志地望着我，大概期待着我的心灵境界略有提升吧。

只有玛丽不会令我烦腻。两个大点的孩子早已深扎在你信奉的宗教中，同时仍保有资产阶级追求安逸的本能。不久后，这种本能让他们远离了所有英勇的美德和所有激荡的宗教狂热。而玛丽则相反，她对宗教有着令人动容的热忱，无论对仆从、佃农，还是穷人，她都无比温柔。人们形容说："她给出了一切，手里存不住钱。她太善良了，得多看着点……"他们还说："没人能抗拒她，即使她的父亲。"夜里，她主动在我膝下承欢。还有一次，她靠着我的肩膀睡着了，一头小鬈毛蹭得我脸颊发痒。我受不了静坐，抽烟的冲动时不时冒出头来，即便如此我还是忍着没动。九点，保姆来寻她时，我直接将她抱回了卧室。这一幕让你们目瞪口呆，仿佛我是舔舐殉难孩童双脚的兽。几天后，也就是8月14日早晨，玛丽对我说（你知道的，孩子都爱这么干）：

"我求你做件事儿……你先答应我，我再告诉你……"

她说你要在明日十一点的弥撒中献唱，若我能去旁听便再好不过了。

"你答应了！你答应了！"她亲着我，反复念叨，"咱们说定了！"

她把我的回吻当作了承诺。全家都知道了这个消息，令我如芒在背。明日，这个从未踏入过教堂半步的男子就要去参加弥撒了！这可是件惊天大事。

晚上，我坐在餐桌边，怒形于色。于贝尔向你询问了德雷福斯[1]的问题，我已记不清具体内容，只记得自己愤然反驳了你的答复。我逃离了餐桌，再也没有出现。8月15日拂晓，我整装待发，搭乘了六点的火车，在荒寂的波尔多度过了沉闷的一天。

之后，你们在卡莱斯再次见到我，就显得有些怪异了。为何我总与你们一起度假，而从不外出旅行呢？我可以给出几个冠冕堂皇的理由，但真实原因是我不愿两头花钱。在我看来，大手大脚地花钱外出旅行，家里却没关门、没清灶，是绝无可能的事。我清楚家里的开销不菲，所以不喜外出，情愿待在家中与你们同食共灶。卡莱斯已备好三餐，我又何必外出觅食

---

1 阿尔弗雷德·德雷福斯是一名法国犹太裔军官。19世纪90年代被诬叛国，社会各界反响剧烈，要求重审，甚至分裂出德雷福斯派和反德雷福斯派两个阵营。

呢？这省吃俭用的品德遗传自我的母亲，我亦将之奉为圭臬。

我还是回家了，但始终心怀怅恨，玛丽也无法令我释怀。我又发明了对付你的新策略：不再正面抨击你的信仰，而是逮住一切机会对你穷追猛打，让你与自己的信仰产生冲突。可怜的伊莎，不管你是多虔诚的基督教徒，都得承认我确实技高一筹。慈善是爱的同义词，就算你曾经明白，也早已忘却。这个名词意味着，为了得到永生，你对穷人负有某些需要用心履行的职责。我承认，这一点上你已脱胎换骨。千真万确！如今的你还会去照顾癌症女病患。但彼时，你之所以救济穷人——救济你周遭的穷人——是为了更心安理得地向那些靠你过活的人索债。家庭主妇的职责在于花最少的钱获取最大利益，对于这一点你义不容辞。每日清晨，都有个穷苦老妪推着卖菜车路过家门。若她伸手向你乞讨，你定会慷慨解囊。但此后你每回买菜，为了颜面也会从她微薄的利润中克扣少许。

仆从和工人战战兢兢地提出涨工资的请求时，你先是吃惊，而后震怒。怒火给了你力量，总能让你占据道德高地。你有一种能论证他人应有尽有的天赋。在你口中，他们享有的优待不胜枚举。"这里包住，酒也管够。我们地里的土豆喂肥的猪也都分你们一半，还有一片可以自给自足的菜园。"这些可怜虫都不敢相信自己竟这么富足。你言之凿凿，你的贴身女佣能把每月拿到的四十法郎一分不少地存进银行。"我的旧裙子、衬裙和皮鞋都给她了。她根本没有花钱的地方。这些钱还不是给家里人花……"

此外，若有人生病，你还会竭力照看他们，绝不会弃之不顾。我承认你赢得了这群欺软怕硬之辈的尊重，甚至爱戴。在这类问题上，你主张的是你那个阶层和时代之人的观点。但你从不会承认，福音书所斥责的正是这些观点。"瞧！"我说，"我还以为基督说过……"你缄口不言，且无地自容，因孩子们在场而恼火，但最终还是跳入了圈套，模棱两可道："不应只看字面意思……"这一役于我而言不费吹灰之力。为了攻讦你，我列举了无数事例来论证所谓"神圣"恰恰就是按福音书字面所述立身行事。如果你不幸地反驳说自己并非圣人，我便会引用训词："所以你们要完全，与你们的天父完全一样。[1]"

可怜的伊莎，承认吧，我的方法对你大有裨益。你如今去看顾癌症病患，也少不了我的一份功劳。从前，母爱占据了你的全部，在你身上，仁慈与奉献的品质已被吞噬殆尽，孩子遮蔽了你观察世人的双眼。你忽视的不仅是我，还有整个世界。即使向上帝祷告时，你关注的也只有孩子的健康和未来。

1 　出自《马太福音》第 5 章第 48 节。

针对这一点，我又有了可乘之机，向你质询："从基督徒的角度来看，不是应当渴望背负一切苦难、贫穷与病痛吗？"你立刻打断我："我不会再回答你了。你对此一无所知，却要高谈阔论……"

但你运气不好，家里请了一位二十三岁的神学院修士来当孩子们的家庭教师，也就是阿尔杜安神甫。我刻薄地请他主持公道，这令他颇为尴尬。当然，我也只在理直气壮时才会把他拉入战火。在此类争辩中，他无所遁形，只能直言不讳地表达观点。随着"德雷福斯事件"的发酵，我又找到层出不穷的话题可以让这个可怜的神甫跟你唱反调。你说："为了一个无耻的犹太人，不惜扰乱军方……"听到这番论调，我装作大发雷霆，直到阿尔杜安神甫被迫发声才罢休。他表示，即便是为国家安全考虑，作为基督教徒也不会认同去给一名无辜者定罪。

我无意说服你们，你和孩子了解此事的渠道仅仅是那些道貌岸然的刊物上歪曲事实的报道。你们紧密团结，即便我言之成理，你们也坚信我在强词夺理。此后，你们在我面前越发缄默，到了今天依然如此，只要我靠近，讨论便会停止。也有时候，我隐在灌木丛后，你们并不知道。我突然冒出来，打得你们措手不及，逼着你们应战。

"这是个圣洁的小伙。"你这样评价阿尔杜安神甫，"但他不相信世间还有恶徒。他还是个孩子呢。我丈夫将他玩弄于股掌之间,就跟猫逗老鼠一样。怪不得我那厌恶神职人员的丈夫对他却不反感。"

事实上,我最初答应聘请教会人士担任家庭教师,只是因为任何普通人都不会接受一整个假期只收一百五十法郎的薪酬。一开始,这个一身黑袍、近视且低眉垂眼的高个青年,在我眼里同家里一件不起眼的家具一样微不足道。他负责教孩子学习,带他们散步,吃得极少,又寡言少语,用餐完毕就回房间。有时,若家里没人,他便去弹琴。我对音乐一无所知,但也赞同你说的话:"他是个令人赏心悦目的人。"

或许你还记得一个小插曲,但也绝不敢相信,它神不知鬼不觉地让我与阿尔杜安神甫之间生出了相惜之感。有一日,孩子们向我示意本堂神甫[1]来了,我习惯性地朝葡萄园躲去。然而,你又派于贝尔前来寻我,说本堂神甫有急事找我商量。我很怕见到这个小老头,唉声叹气地走回屋里。本堂神甫表示,来找我是因为良心不安。他把阿尔杜安神甫当作一个优秀的神学院学生推荐过来,一直以为只是出于健康原因才会推迟授予

---

1 宗教中,在一个堂区中的主任司铎。

他副助祭的职务。然而，他在避静期间得知，推迟授予职务竟然是出于惩戒。阿尔杜安神甫十分虔诚，但痴迷音乐。他曾在某个同学的煽动下，前去大剧院听了一场慈善音乐会，进而夜不归宿。尽管他们穿着便服，还是被人认出且告发了。最糟的是，《苔依丝》[1]女主角的扮演者乔洁特·勒布伦女士也在当天的演出之列。她赤足穿了一件古希腊式的丘尼卡[2]，只在腋下绑了根银色系带（有传言说，她就穿了这些，连细肩带都没有！）。"噢！"有人愤慨地吼叫。在同盟包厢里，有位老先生大喊："这未免太过了……我们这是到哪里来了？"这就是阿尔杜安神甫和他同学的经历。其中一位罪人当下就被逐出了神学院，另一位则得到了宽恕：上级决定推迟两年给这位出类拔萃的学生进行授职。

我们一致表达了对阿尔杜安神甫的信任。但此后，自觉遭到欺骗的本堂神甫还是对他极为冷漠。你应是记得此事的，但绝不会注意到，那一晚在露台抽烟的我，看着这个戴罪之人——这个瘦削的黑色身影——在皎皎月色下朝我走来。他笨拙地与我攀谈，为自己没在到来前就向我知会失格之举而致

---

[1] 根据法国作家阿纳托尔·法朗士的《苔依丝》改编的歌剧，是一部反基督教的作品。

[2] 一种古希腊常见的女士长衣，十分轻薄。

歉。我让他放心，表示他的出格行为反而让我心生好感，他却突然坚决地反对，并自我谴责起来。他说我无法明了他的过错有多深重：他违反了教规，辜负了神职，也背离了道德，他的罪孽引发了丑闻，终其一生也难以补救……我至今仍记得他佝偻着颀长的身躯，在明净的月光下，他的影子被露台的栏杆截成了两段。

尽管我对他们这类人早有成见，然而看着他羞愧和悲痛的样子，却丝毫感觉不到虚伪。他为在我们面前隐瞒了真相而道歉，若不这么做，他就得靠母亲接济才能度过两个月的假期了。他那可怜的母亲寡居在利布尔讷，靠打零工度日。我回答说，在我看来，他并没必要把一件涉及神学院纪律的小事告知我们。他执起我的手，向我倾诉了我闻所未闻的话，这是我生平第一次听到这样的话，让我惊惶。

"您太好心了。"

你了解我的笑声，即便在我们共同生活的初期，这样的笑声也让人恼火，可以说毫无感染力可言。在我年轻时，这笑声还能毁灭我周遭的一切欢愉。那一夜，在这个被褫夺职务的神学院高个修士面前，我笑到浑身颤抖。最终，我说道：

"神甫先生，您可能还不知道刚才的话有多可笑。问问那些了解我的人，我到底好不好心？问问我的家人和同僚，恶毒才是我存在的意义。"

他局促地说，真正的恶人是不会说自己恶毒的。

我补充道："我打赌，您在我的生活里是找不出任何一桩善举的。"

于是他引用了基督的话，还影射了我的职业："我在监狱里，你们来看我……[1]"

"神甫先生，无利可图我也不会去监狱，我这么做是出于工作考虑。前不久，为了让我的名字悄悄传入罪犯那里，我还向狱卒行贿呢……所以，您该明白了吧！"

我已记不清他的回答。我们在椴树下慢慢走着。如果我当时告诉你，与这个教会人士待在一起让我感到颇有意趣，你定会大吃一惊。然而，这都是真的。

我在日出时分起床，去楼下呼吸拂晓清冷的空气。我望见神甫步履匆匆地去做弥撒。他十分专注，就算有时在离我几步之遥的地方经过，也不会留意到我。正是那段时间，我对你极尽讽刺、百般刁难，为了证明你的行为与信念自相矛盾，对你穷追猛打。尽管如此，我的内心也并非那么坚定。每当你的悭

---

1 出自《马太福音》第 25 章第 36 节。这里表达的是无论在任何领域，从事任何工作，世人只要开展行动，善恶报应终有一日会到来。

吝和冷酷被我抓个现行时，我都假装相信在你们这些人身上基督精神早已消失。然而我也清楚，在同一个屋檐下，还有一个人在践行着这种精神，只是不为人知罢了。

8

还有一种境况,让我轻易便能察觉你的丑恶。1896年或者1897年,你应能记起确切的时间,我们的姐夫菲利波男爵去世了。你的姐姐玛丽奈特早上醒来,跟他说话,没有得到回应。她打开百叶窗,瞧见老头两眼翻白,下颌低垂。她一下还没反应过来,自己竟在一具尸体旁睡了好几个小时。

我不信你们中有谁会反感这个无耻之徒的遗嘱:他把巨额财产留给了遗孀,前提是她不能再婚。若违背,他的大部分遗产将交还给几个侄子。

"得要多照顾她。"你母亲一再说,"幸好咱们是个相亲相爱的家庭,不该让这孩子孤独一人。"

当时的玛丽奈特三十来岁,你应是记得的,她看上去仍像个少女。她之前听天由命地嫁给一个老头，且不加反抗地忍受了，你们便断定她也能轻易地接受守寡。但你们小看了脱离苦海的威力，忽视了挣脱牢笼、重见天日的力量。

不，伊莎，别怕我会借题发挥。期待留住这数以百万的资产，让我们的孩子也从中受益，这是人之常情。你们认为玛丽奈特在年迈的丈夫身边忍辱负重十年之久，不该丢弃这个获益的机会。你们以骨肉至亲的姿态出现在她面前，在你们看来，守寡是再自然不过了。你还记得吗？你也曾经是个少女。不，往事已矣。你已然是个母亲，无论你自己，还是其他事物，在你心中早已荡然无存。你家的人在想象力方面从无天赋，正因如此，无论是对动物还是对人，都无法做到将心比心。

在玛丽奈特寡居的第一个夏天，我们商量让她来卡莱斯。她欣然接受了，倒不是因为你们姐妹情深，而是因为她喜欢咱们的几个孩子，尤其是小玛丽。我对玛丽奈特并不熟稔，但她的优雅瑰姿在初见时便让我印象深刻。她比你大一岁，但看上去比你年轻许多。你因生过几个孩子，身形臃肿走样。她在年迈的丈夫死后，体态却依旧如同少女，脸庞稚气未脱。她云鬓高绑，正是当时流行的样式，深金色的发丝如气泡一般，在颈项上颤动不已（涌动着轻盈气泡的香颈，这样曼妙的风情如今早已被人遗忘）。她目如悬珠，仿佛对任何事物都很惊奇。出于玩闹，我曾用双手搂过她的"蜂腰"。在今天看来，她的胸与胯发育得近乎浩瀚：彼时的女子都如催熟的花朵一般。

玛丽奈特总是兴高采烈的，这让我诧异。她很喜欢与孩子嬉戏，常常带他们在顶楼玩捉迷藏和装扮游戏。你却说："她实在不知轻重，根本不考虑自己目前的处境。"

在你看来，让她周中穿白色长裙已有些逾矩。更何况，她参加弥撒时还不戴面纱，外套上也并未佩戴黑纱。你认为她离经叛道，不应把酷暑作为如此行事的借口。

玛丽奈特与丈夫一起时唯一有些兴味的消遣就是骑马。菲利波男爵是马术比赛的魁首，他在世时，几乎每日清晨都去骑马散步。玛丽奈特是带着一匹母马来卡莱斯的，因为无人相陪，她总是独自外出骑马。在你看来，这一行为加剧了世人的非议：才寡居三个月的女人，不应参与任何体育运动，还在无护卫的情况下骑马外出，就更出格了。

"我把全家的看法都告诉她了。"你反复念叨。你同她说了，但她全然不放在心上。最后她不胜其烦，提出让我去陪她。她负责给我寻到了一匹温驯的马（所有费用自然由她承担）。

要骑行两公里才能抵达第一片松林，为了避开成群的苍蝇，我们破晓时便出发了。马匹候在门前的台阶处。玛丽奈特朝你闭着窗户的卧室吐了吐舌头，同时在自己的骑行裙装上别上一朵沾着露水的玫瑰，说道："寡妇可绝不能戴这个。"第一场弥撒的钟声幽幽敲响了。阿尔杜安神甫局促地与我们打了声招呼，便消失在笼住葡萄园的晨雾之中。

我们一路聊天，抵达了松林。我发现自己在这个姨姐眼中竟有几分威望，这威望远非出于我在律法界的地位，而是因着我在家中拥护叛逆思想的行为。而你的理念与她丈夫大同小异。对于女人来说，所有的信仰和见解归根结底都会化为肉眼可见的形象：可爱的或可憎的。

是否要取得这个小叛逆者的信任，全看我自己。问题是，只要她与你们怄气，我势必就得跟随她的论调。然而，若她对再婚便会失去百万财富这事表示不屑，我是无法苟同的。与她同仇敌忾，像她一样自恃清高，对我来说才最有利。然而，当她对损失这笔遗产看得毫不在意时，我就装不下去了，甚至无法假意附和。还要我说得直白些吗？她若离世，我们便是继承人，这种假设在我心中萦绕不去（我所想到的继承人并非我们的子女，而是我自己）。

为此，我提前做了准备，也反复排练过，但事到临头还是没忍住。

"七百万啊！玛丽奈特，还用得着考虑吗？没人会放弃七百万。世上没有哪个男子值得让你放弃它，哪怕只是一小部分！"她斩钉截铁地表示在她眼里幸福高于一切，而我十分确定地告诉她，放弃这样一笔财富，没人会觉得幸福。

她大喊道："吓！你还说厌恶他们，你跟他们不过是一丘之貉。"

她策马驰骋而去。我远远跟在后面。她看穿了我，我完了。这种对金钱的迷狂，让我屡屡受挫！玛丽奈特本可以成为我的妹妹、我的朋友……我为之牺牲了一切，而你们竟还妄想我会拱手相让。不，不可能。为了这笔财富，我付出太多了，所以在咽气之前，我一分钱也不会给你们。

然而，你们并未知难而退。我琢磨着，周日那天于贝尔的妻子来看望我，是她自己的意思，还是受了你们的指使？这个可怜的奥兰普！（为什么菲力要给她取这个绰号呢？我们都忘了她的真名叫什么……）我宁愿相信她并未告知你们这一举动。你们还未接纳她，还没把她当作家庭的一分子。而她，对自己不直接触碰的事，对与她自身世界无关的事，全都没有兴趣。她对人与人的相处之道一窍不通，也不清楚我是家中的公敌。这并非因为她宅心仁厚或天生富有同情心，而是因为她没把别人放在心上，哪怕出于仇恨。若有人在她面前提起我，她就申辩道:"他对我还算过得去。"她并未察觉我的尖刻。出于同你们针锋相对的逆反心理,我总是维护她,这一点让她以为我对她颇为满意。

通过她含糊的表达,我了解到于贝尔及时止损了,但他的个人财产和妻子的嫁妆也全被抵押进去还债了。"他说钱肯定能赚回来,但需要预支一笔钱,他把它称为'预支遗产'……"

我点点头,表示赞同,佯装没弄懂她的来意。这种时候,我惯会装傻充愣!

要是可怜的奥兰普明白我壮年时为了财富舍却了什么就好了!三十五岁那年,我和你姐姐常在早晨骑马,而后姗姗而归。路上已有些灼意,两旁是喷洒了硫酸铜的葡萄园。我劝诫着这个古灵精怪的女人不应放弃数以百万的财富。那岌岌可危的几百万好不容易才下我心头,玛丽奈特就戏谑地笑了起来。我想辩解,可越发显得狼狈。

"玛丽奈特,我强调这些都是为你好。你以为我是那种会为孩子的前途殚精竭虑的人吗?是伊莎,她才是不希望你的财产在他们眼皮底下不翼而飞的人。"

她笑了,咬牙切齿地悄声揶揄:"你确实是个相当可怕的人。"

我辩说自己只盼她能幸福。她厌恶地摇了摇头。其实，就算她不说，我也知道，她并不是想结婚，而是渴望当母亲。

午后，全家都在皮沙发和蒲草椅上打瞌睡。我把落地玻璃门外的百叶窗板推开了一些，不顾热烫的暑气，走出了阴凉的屋子，闯入流金铄石的碧落之下。尽管玛丽奈特鄙视我，但不用回头我也知道，她跟了出来。我听见了她踩在砂石路上的脚步声。她走得很吃力，高跟鞋跟跄地踩在干硬的地上。我们倚着露台的栏杆，玛丽奈特把赤裸的手臂放在滚烫的石料上，想看自己能坚持多久。

我们脚下的阔野暴露于赤日之下，仿若在月下沉睡了一般，静谧而深幽。荒原在地平线处形成一道遮天蔽日的黑色虹桥，上面沉甸甸地压着金属的苍穹。四点前，不会窥见任何生灵或走兽的踪迹，仅有几只苍蝇扇着翅膀，盘桓不去。如同原野上那缕静默的孤烟一般，没有一丝风能将其撩动。

我知道立于身旁的这个女人是不会爱我的，我身上没有一处不令她腻烦。然而，在这座失落的宅邸里，深陷于这片难以挣脱的迷雾之中，我们是唯一还在喘息的人。在家人严密的监视下，这颗年轻的心千疮百孔，如同向阳而生的天芥菜，她情不自禁地追寻我的目光。可是，只要我说出半句暧昧的言语，她只会回以嘲弄。哪怕我呈现最矜持的姿态，她也只会感到作呕。我们就这样挨着彼此，静静地待着。近旁是广袤的葡萄园，那片盎然的绿意还在睡梦中酝酿着即将到来的硕果。

伊莎，那些清晨漫步的日子，那些趁他人睡意缱绻时的耳语，在你眼里是怎样的呢？我是知道的，因为有一日，我听到了你的答案。是的，透过客厅紧闭的百叶窗，我听到了你与你母亲的对话。那段日子你母亲正好来卡莱斯小住（她过来可能是为了加强对玛丽奈特的监控）。

"从思想理念的角度来看，会对她造成不良影响……除此以外，他绊住了她，也没什么不好。"

"是的，他绊住了她，这很紧要。"你母亲说。

你们因我绊住了玛丽奈特而满心欢喜。

"但假期结束后，得给她找点别的事做。"

伊莎，无论过去你有多瞧不起我，都无法跟听到这些言语后我对你产生的鄙夷相提并论。也许你从未把这么放任下去可能产生的风险放在心上，毕竟女人不会惦念再也体验不到的情意。

午后，在原野之畔，确实什么也没发生。四周空寂无人，我们两个像被明晃晃地推到了幕前。一男一女并肩面向热灼的大地，像两株椴树般静寂无声，再微小的动作都会造成肢体接触,这样的场景只消一个没去午休的农民就能轻易捕捉到。

然而,我们夜间的漫步也同样纯粹。我还记得八月的一天晚上,由于德雷福斯事件,餐桌上剑拔弩张。我与玛丽奈特都主张重审此案,在迫使阿尔杜安神甫表态这一点上,玛丽奈特的手段让我自叹弗如。当你激动地说起德吕蒙[1]的一篇文章时,玛丽奈特就像上教理课一样,用稚气的嗓音问道:

"神甫先生,憎恨犹太人是被允许的吗?"

那一夜,让人欢欣的是,阿尔杜安神甫不再含糊其词,他谈到了"上帝的选民[2]",说他们扮演着高尚见证者的角色;还提到了预言,说他们皈依之时也预示着末世的来临。于贝尔反驳说,应横眉冷对所有伤害我主耶稣的刽子手。阿尔杜安神甫则回应,对我们每个人来说,世上只有一个伤害耶稣的刽子手是我们有权敌视的:"那便是我们自己,而非旁人……"

你十分窘迫,辩说,若按这些高尚的理论行事,就只能把法国拱手让人了。对阿尔杜安神甫来说,幸好你最终提起了圣女贞德,这个话题让你们言归于好。门前的台阶上,有个孩子

---

1 爱德华·德吕蒙是法国著名反犹主义者和民族沙文主义者,在德雷福斯案件中站在极右一方。
2 在《圣经·旧约》中,上帝的选民是指犹太人。

大喊：

"看！好美的月色呀！"

我向露台走去。我知道玛丽奈特跟来了，她气喘吁吁地说着："等等我……"她的脖子上围着一条皮草围巾。

一轮璧月自东方升起。这位丽人望着千金榆纤长的影子斜斜地映于草茵之上。紧闭门户的农舍浸浴在月华里。四周隐隐传来犬吠之声。她问我，那怡然不动的树，是不是月亮在作祟？她对我说，如斯的夜晚，会让寂寥的人新添愁肠。"真是寂寞空庭！"她这样感慨。这一刻，有多少人耳鬓厮磨，有多少人交颈而卧。多么缱绻旖旎！我清楚地瞧见她的睫毛上凝着一滴清泪。万籁俱寂，只有她的呼吸是活的。她还有些气喘……1900年便去世的玛丽奈特，今夜的你还剩下些什么呢？这具埋葬了三十年的躯壳，还剩下些什么呢？我仍记得你在夜色里散发的香气，如兰似檀。要相信肉体能复活，便要先战胜肉欲。纵欲过度者觉得重生匪夷所思，这便是对他们的惩罚。

我像对待不幸的稚子一般牵起她的手，她也如同幼童一般依偎在我肩头。我接住了她，只因为恰好是我在那里，就像落桃坠入尘泥一样自然。树木相邻而生，势必枝丫交错、盘曲缠绕，而大多数人的因缘际会也相差无几，皆不是可以选择的。

可耻的是，即便那样的时刻，我念着的依然是你，伊莎。我思忖着报复你的可能性，想利用玛丽奈特来让你难受。这个邪恶的念头转瞬即逝，但我确实这么想过。我们离开月色潋滟之地，迟疑着走向种满石榴与山梅花的小树林。冥冥之中，我听见葡萄园间的小径上传来一阵脚步声。这条小径是阿尔杜安神甫每日早晨去做弥撒的必经之路。那大抵便是……我想起某夜他对我说过的话："您太好心了……"要是他听到我此刻的心声该做何感想啊！救赎我的，或许正是我此刻的羞愧。

我又把她带回了皎月之下，让她坐在长椅上，用手帕拭干了她的眼泪，说了几句安慰的话。若是小玛丽在椴树下的小径上摔倒，我将她扶起时也会说同样的话。我假装没有发现她的赤诚与眼泪之中蕴含的心绪。

9

翌日早晨，她没去骑马。我返回了波尔多（尽管法院休假，我每周还是会在波尔多待上两天，以免咨询业务被中断）。

我搭火车返回卡莱斯时，南方快车正好停在车站。我在一节写着"比亚里茨"的车厢玻璃后，惊讶地瞧见了玛丽奈特。她没戴面纱，穿着一身灰色的女士套装。我记得她的一位友人一早就催促她到圣让德吕兹与之会面。她在看画报，没发现我与她打招呼。夜里，我向你提及此事，你也并未放在心上，以为这只是一次短暂的外出。你说，我刚走，玛丽奈特就收到了一位友人的电报。你似乎十分诧异我竟对此一无所知，或许你曾怀疑我们是到波尔多私会去了吧。更何况，此时小玛丽正因高热而缠绵病榻，几天来腹泻不止，你忧心如焚。只要有孩子病了，你就再也无暇顾及其他了，这对你来说也无可厚非。

后面的事，我想一笔带过。三十多年了，我得拼命努力才能忆起那些往事。我知道你在怨我什么。你还敢当面控诉我不愿替玛丽寻医问药。当然，若是我们把阿诺赞教授请来，他便能诊出这是斑疹伤寒的症状，而不是所谓的感冒。可你好好想想，当时你只跟我提过一回："把阿诺赞教授请来怎么样？"我回复道："奥布医生让我们放心，他在村子里至少治过二十个这样的感冒病例……"你也就没再坚持。你声称第二天还曾哀求我发电报请阿诺赞过来。可你若真这么做了，我应当记得。事实上，那些记忆在往后的无数个日夜里被我反复地琢磨与思量，确实记不清了。就算我再吝啬……在关乎玛丽健康的问题上也不可能计较。何况，阿诺赞教授是出于对上帝和人类的大爱而行医的，所以更不可能是钱的问题。我没有向他问诊，只可能是因为我们当时都确信这不过是普通感冒引起的肠胃问题。那位奥布医生让玛丽不再衰弱下去的方法就是让她多进食。是他害死了玛丽，而不是我。是的，我们当时的意见一致，你并未坚持去请阿诺赞教授，你撒谎了。玛丽的死与我无关。把她的死怪在我头上，简直丧心病狂。但你却这么想了！

而且始终抱着这样的想法!

那个无情的夏天!狂躁的炎节,喧嚣的蝉鸣……我们搞不到冰块。在那些漫长无尽的午后,苍蝇围着玛丽汗涔涔的小脸打转,我一遍遍替她擦拭。阿诺赞来得太迟了,他重做了调理,但玛丽的病已药石罔效。她频频呓语着:"为了爸爸!为了爸爸!"也许此时的她已神志不清,"上帝啊,我还只是个孩子……"她当时嘶喊的语调,你也绝不会忘记。她恢复了一丝清明,继续道:"不,我还能再忍忍。"阿尔杜安神甫喂她喝了点卢尔德的泉水[1]。我们守着她那力竭的身躯,紧握着彼此的手,两颗脑袋依偎在一起。然而在她走后,你却认为我麻木不仁。

你想知道我当时的想法吗?作为基督徒的你竟然无法放下对皮囊的执念,实在令我费解。大家求你吃点东西,再三告诉你还需保存体力,但最终还是只能强行将你拉出那间卧室。你无声地坐在床畔,小心翼翼地摸她的额头和冰冷的脸颊,亲吻她尚有生气的发丝,时而跪倒在地,但并非想祷告,而是为了将额头贴在那双僵冷的小手上。

---

1 卢尔德是法国南部的一座小城。传说圣母玛利亚曾在此地显圣,多次出现用泉水治愈疾病的奇迹,因此世人慕名前去。

阿尔杜安神甫将你搀扶起来。他说世人得像孩子一样，才能进入天国[1]："她还活着，能看见您。她等着与您团聚。"你摇了摇头。这些话在你心里激不起一丝涟漪，此时此刻，信仰于你一无是处。你唯一的念头是自己的骨肉即将入土埋藏，即将凋零腐烂。而我，一个没有信仰之人，面对死去的玛丽，却真正体会到了"遗体"二字的含义。我感到一股排山倒海的情绪向我涌来，我知道她走了，消失了，她已不在。那具躯壳并不是她。"你们在寻找玛丽吗？她已不在这里[2]……"

后来，你怪我太快释怀。可我知道，在最后一次亲吻棺椁中的玛丽时，我的世界也随之土崩瓦解。然而，躺在那里的已不是玛丽。你几乎每日都去墓地，还鄙视我没有伴行左右。"他从未去过。"你一遍遍地对别人说，"玛丽还算是他唯一喜爱些的孩子呢……他是个没有心的人。"

玛丽奈特回来参加了葬礼，三天后又走了。悲恸麻痹了你的神经，你没有察觉到不远处的威胁已初现端倪，反而因姐姐的离去而如释重负。两个月后，我们得知她在比亚里茨结识了一位记者，还跟这个文字工作者订婚了。此事已成定局。你翻

---

[1] 引用《马太福音》第18章的内容。
[2] 出自《马太福音》第28章。众人寻找耶稣，但天使说他不在这里，已经复活。

脸无情，就像对玛丽奈特压抑已久的仇怨突然迸发了一样。你并不想认识这么一个人物——不过是个普通人，与世上林林总总的其他人无甚差别。他唯一的罪过是剥夺了咱们孩子的财富，且无法从中受益——大部分的遗产落入菲利波的那群侄子手中。

可你从不讲理，且寡廉鲜耻。我还从未见过有谁能像你一样，明明是无理取闹，还那么心安得。只有上帝才知道你到底忏悔了些什么罪行吧！你一生中的所作所为，与"真福八端[1]"中的任何一项都背道而驰。为了否定仇视对象，你能信手臆造一堆理由。你从未见过你那姐夫，也不了解他，却说："她在比亚里茨上了那个骗子的当，中了那个飞贼的圈套……"

这个命薄的玉人因难产而殁（唉！我不愿像玛丽死后，你评判我那样无情地评判你！），说你几乎没表现出半点哀伤也不为过。事实证明你没说错，结局不出所料，一切都是她咎由自取。你无愧于心，对她仁至义尽。这个倒霉的女人明知只要稍作示意，家里的大门总会为她敞开。大家都在等她幡然悔悟。至少你可以义正词严地表示：此事与你无关。你说，要做到铁

---

1 出自《马太福音》第 5 章。是耶稣在巴勒斯坦早期传福音时宣道的八种福气。

石心肠谈何容易："但有些时候，我们也不得不狠下心来。"

不，我不会指责你。我承认在你母亲走后，你对玛丽奈特的儿子小吕克还算友好。在你母亲去世前，一直是她在抚养这个孩子。假期时，则由你负责照顾他。每年冬天，你还会去一趟巴约纳周边的中学看望他。既然那位父亲不管不顾，便只能由你代劳了……

我从未跟你提过我跟吕克的父亲是怎么在波尔多相识的。事情发生在 1914 年 9 月。我来到一家银行，试图弄个保险箱。逃难的巴黎人[1]把这里的保险箱都占满了。最后，里昂信贷的行长告诉我，他有个客户要回巴黎，或许此人会同意把保险箱让给我。他说起这个客户的名字时，我才发现是吕克的父亲。啊！不是的，他并非如你所想一般是个恶魔。彼时的他三十八岁，瘦骨嶙峋，看上去失魂落魄，被征兵体格检查委员会折磨得心力交瘁，与我十四年前在玛丽奈特的葬礼上见到的他相去甚远。当年，我们有过一面之缘，聊了几句生意上的事。他还对我开诚布公，表示自己正与一个女人同居，不希望她与吕克接触。正是为了儿子着想，他才把吕克丢给了封多黛热家的外

1　时值第一次世界大战期间。

祖母……可怜的伊莎，你和孩子们绝不会知道，那一天，我给这个男人提了个怎样的建议！现在，当然能告诉你了。我建议保险箱仍放在他名下，由我全权代理。我会把所有不动产都存在那个保险箱里，包括一份这里所有财产都归吕克所有的声明。只要我活着，吕克的父亲就不能动用这个保险箱。但我死后，一切就都是吕克的了，而你们不会有任何觉察……

我确实把我和我的财产都托付给了这个人。那时的我对你们深恶痛绝！可惜他不愿与我同谋。他不敢这么做，说自己还在乎名声。

我何以如此荒唐？那时的孩子们年近而立，皆已婚嫁。他们旗帜鲜明地支持你，一逮着机会就与我作对。你们暗中行事，把我当作敌人。上帝知道，你们之间，尤其是你和热娜维耶芙之间也并不算融洽。你怪她总冷落你，万事都不征求你的意见。但在对付我的时候，你们又会统一战线。何况，除了一些要事，我们都在暗中较劲。例如，在孩子的婚姻大事上，我们就曾吵得天翻地覆。我不愿置备嫁妆，而是希望定期支付年金。我也不想让那些姻亲知晓我的财务状况。我寸步不让，且稳操胜券，是仇恨支持着我，有恨意的撑持，自然也有爱意的支承——对小吕克的爱。尽管如此，那些姻亲也没深究，他们对我的财力深信不疑。

我的沉默让你们不安。你们想打探消息。热娜维耶芙还时不时对我采取"怀柔战术"。这个可怜的呆子，我早就看穿了她的用意。我常对她说："我死后，你们得感谢我。"无他，单纯为了逗乐，想瞧瞧她眼里闪动的贪念。她还向你们转述了这段动听的话，以致全家都心神恍惚。那段时间，我千方百计地思考，除却隐藏不了的资产，如何才能不给你们留下遗产。我心里的人选只有吕克。我甚至打算把土地也抵押出去。

话虽如此，我还是差点着了你们的道。玛丽走后的次年，我也病了，某些症状跟玛丽极为相似。我讨厌被照料，对医生和处方也十分排斥。你唠叨个没完，直到我答应卧床休息，也接受阿诺赞的诊治才罢休。

你确实无微不至、忧心如焚地照顾我，还时不时询问我的感受。从声音里，我能听出你的不安。你把我当成孩子，摸着我的额头试探温度。你还想宿在我房里，夜里我若睡不安稳，你也方便给我喂水。"她还在乎我，"我心想，"谁敢信呢？也许还想靠我养家糊口吧？"可也不对，你本身并不爱钱……难道是担心我死后，对孩子们的处境不利？还是这种可能性最大。然而，事实并非如此。

阿诺赞给我问诊结束后，你在门前的台阶上同他说话。那副大嗓门，常常让你无处遁形。

"医生，请您跟大家澄清一下，玛丽是死于伤寒。由于我那两个不幸的弟弟，现在有传言，玛丽也死于肺痨。人心险恶，他们不会就此打住。我担心这会给于贝尔和热娜维耶芙带来无妄之灾。若是我丈夫的病情加剧，就进一步坐实了那些谣言。我惦记那两个可怜的孩子，担惊受怕了好几天。您也知道，他婚前得过肺病。这件事不是秘密，可以说尽人皆知。世人都爱说三道四！即便他就是死于传染病，大家也会疑神疑鬼，就跟他们现在不相信玛丽死于伤寒一样。最后受罪的还是我那些可怜的孩子。看见他讳疾忌医，我就来气。他还不愿卧床休息！这是只关乎他个人的事吗！他的眼里看不到别人，连自己的孩子都不在乎……不，不，医生，像您这样的人绝不敢相信这世上还有像他这样的人存在。您和阿尔杜安神甫一样，不相信这世上还存在恶人。"

我躺在床上，独自笑了起来。你回来后，问我笑什么。我答复你的还是那几个惯用的词。

"没什么"。

"你笑什么呢？"

"没什么。"

"你想什么呢？"

"没什么。"

10

上回发病，让我受制于你们将近一个月的时间。今天得以重新提笔。病魔打得我无力反击，全家人将我围困在病榻之中，就在那里，打量着我。

某个周日，菲力前来侍疾。那日天气炎热，我只能零碎地回他几个字，便失去了意识……我也不知过了多久，说话的声音把我吵醒了。他的身形隐在一片晦暗之中，直挺挺地竖着耳朵，一双狼崽似的眼熠熠发光。他腕间的手表上方，戴着一条金链子；衬衫微敞着，露出年轻的胸膛。我再次昏睡过去，可他的皮鞋发出的动静又把我吵醒了。我眯着眼，观察他。他的手摸索着我的西服，就悬在我放着钱包的内侧口袋上方。我的心狂跳不已，但还是强迫自己保持了镇定。难道他发现我醒了？只见他又坐回了原位。

我装出刚睡醒的样子，问他我是否睡了很久。

"外公，才几分钟而已。"

我心下惶然，是那种孤寡老人被年轻人盯上的惶恐。我是疯了不成？竟觉得他可能会杀了我。有一日，于贝尔也曾承认，菲力什么事都做得出来。

伊莎，你看，我也曾如履薄冰。就算你读到这里时，对我心生怜悯，也太迟了。但我仍希冀你能对我施以同情，抱着这样的期待我的心也能稍稍熨帖。我不信你所谓的永恒地狱……但我知晓一个在人间苦苦挣扎的人是怎样的感受。他是一个被弃绝的人，一个徘徊于歧路的人，一个无论走哪条路都无法抵达彼岸的人。他不知该如何活着，不是世人所以为的那种考究生活，而是在绝对意义上缺乏活下去的能力。伊莎，我痛不欲生。南风炙灼着空气，我焦渴难耐，身边却只有盥洗室的温水，它没有穷尽地流淌，却没有一杯是可饮的清水。

菲力确实令人不寒而栗，我之所以还能忍受，也许是因为他令我想起了另一个孩子。那便是咱们的小外甥吕克，若是他还活着，如今也要三十出头了吧。我从未否认过你的品行，这个孩子给了你施德的机会。你并不爱他，玛丽奈特的这个儿子一点都不像封多黛热家的人。他有一双黑亮的眼睛，发际线压得很低，发丝延伸到太阳穴，于贝尔称它为"鬓发"。他在巴约纳的那所寄宿中学里学习，成绩很差。但你说，这事与你无关，在假期时照顾他，你已仁至义尽。

不，他对书本没有兴趣。在这个没什么野味可猎的地方，他几乎日日都有法子找到猎物。每年栖身于垄间的唯一一只野兔也总能被他逮回来。我依然记得他兴高采烈地走在葡萄园的小径上，手里紧紧攥着兔子的耳朵，兔子的口鼻处还染着血。破晓时分，我听到他出门的声音，于是打开了窗。薄雾中，他朝我大喊："我去把沉网收起来。"嗓音沁人心脾。

他面对我，敢与我对视。他不惧我，甚至从未起过怕我的念头。

有时，我外出几日，又毫无预兆地归来时，闻到家里有雪茄味，或是恰巧看到客厅的地毯被撤走了。种种迹象表明这里举办过一场因我而中断的聚会（尽管我明令禁止，但我一走，于贝尔和热娜维耶芙仍会邀请朋友前来"及时行乐"。你跟他们串通一气，也与我作对，你说："因为得有些人情往来……"）。若遇到这种情况，你们总是派吕克来跟我求情。看着别人对我噤若寒蝉的样子，他反而觉得有些好笑："我走进客厅时，他们还在跳舞呢。我大喊一声'姨父来了！他抄近路来的……'你是没看到他们抱头鼠窜的样子！伊莎姨母和热娜维耶芙把三明治搬回了配餐室，简直人仰马翻！"

在这世上，唯有这个孩子不把我当怪物看。有时，他去钓鱼，我就跟他走到河边。这个平时动如脱兔的孩子，静下来也可以好几个小时一动不动，全神贯注，仿若一株杨柳，连手臂的动作也宛如柳条一般从容而安然。热娜维耶芙说得没错，他成不了"文人墨客"。他绝不会为了欣赏露台的月色而中途离席。他感知不到大自然，因为他便是自然本身；他与自然融合无间，浑然一体；他是自然之力的一缕化身，是无数泉源中那一脉漾动的清泉。

我想起这个稚嫩生命的种种悲惨境遇：一出生母亲便不在了，他的父亲在这个家里更是讳莫如深的存在，他独自一人寄宿在学校，举目无亲。换作是我，就算没有经历那么多事，也早就满腹悲戚与怨怼了。他却总是乐乐呵呵的，大家都喜欢他。于我这样一个神憎鬼厌的人而言，着实不可思议！所有人都爱他，连我也一样。他对着谁都能笑起来，也包括我在内，但笑容也并不比对着别人时多上一分。

在成长的过程中，这个孩子让我印象最深的便是他与生俱来的纯真与洒脱，他天真未凿，不懂人心险恶。我们的几个孩子的确不俗，这也是我期待的。如你所言，于贝尔曾是模范青年。我得承认你在教育方面颇有成效。若是吕克有机会长大成人，也会一直这样单纯下去吗？他的纯真如同滑过石上的清泉、浸润草木的露水一般熠熠生辉，并非后天教育所得。我的笔触流连于这个孩子，是因为他对我的影响邃然至极。无论你对我使出明枪还是暗箭，对我流露出厌恶还是鄙夷，我都无动于衷，这个孩子却让我在无形中明白了恶为何物，我也是很久以后才领悟的。在你看来，人类生来肋骨上都带着"原罪[1]"的伤痕，可用凡俗的眼睛在吕克的身上却找不到丝毫痕迹。他出自造物主之手，无懈可击，至纯如水。而在他身旁的我，更显不堪入目。

我能说我把吕克当作亲生骨肉来疼爱吗？答案是否定的。他身上所有我喜爱之处，都是我自身并不具备的。我很清楚，于贝尔和热娜维耶芙继承了我的衣钵：尖酸刻薄的性子，在生活中凡事利益至上，到处颐指气使（热娜维耶芙对她丈夫阿尔弗雷德的无情无义便承袭自我）。反观吕克，我确信不会在他身上窥见我的任何影子。

---

[1] 基督教教义认为任何人天生都有原罪，这罪来自其祖先亚当与夏娃。上帝用亚当的肋骨造出了夏娃，他们却违背了与他的约定，偷食了伊甸园中的禁果。

一年中，我也鲜少会想起他。新年和复活节，他父亲会去接他。放暑假的时候，我们带他回来，到了 10 月，他再随候鸟一起迁离。

他虔诚信教吗？你是这样形容的："即使在吕克这个野孩子身上，也能看到神甫的熏陶。周日领受圣餐时，他从不缺席……对了！他祷告时有些敷衍。可这种事每个人皆量力而行即可。"他从未与我分享过这些，连暗示都没有。他谈及的都是些具象的事。有时，他从口袋中掏出小刀、浮漂或是召唤云雀的鸟哨时，一小串黑色念珠被一起带了出来，落入草地，他会立刻捡起来。但周日早晨，他看上去确实比平时要稳重些，没那么无忧无虑，没那么捉摸不定，像是肩负着不为人知的物什。

在我喜爱吕克的所有缘由中，有一条或许令你诧异。在那些周日的时光里，当我发现这个孩子不同往日一般好动时，我不止一次感受到——他像玛丽的弟弟，是我们那长眠地下十二载的女儿的弟弟。但他们又是如此不同。你记得吗？玛丽看到别人踩死一条虫子都心有不忍，她还爱把青苔铺满树洞，再往里面摆上一尊圣母像。然而，玛丽奈特的儿子，这个被你称为野孩子的人，却总让我觉得咱们的玛丽起死回生了。更确切地说，曾在玛丽身上涌动又随她一起深埋地底的那一汪清泉，随着他的出现，再次于我脚下喷涌翻腾。

战争伊始，吕克还不到十五岁。于贝尔被动员去部队的后勤部门。面对征兵体格检查委员会的考察，你终日惶惶不安，于贝尔却安之若素。他那孱弱的体格放在过去一直是你的心病，如今却成了你的依仗所在。乏味的办公室生活和时不时遭受的欺凌，让于贝尔殷切盼望着参军。然而他几番奔走皆是徒劳。你公然曝出了一件从前讳莫如深的事，多次对外表示："他有隔代遗传病……"

可怜的伊莎，别担心我会斥责你。你从不在意我，也从未关注我。但那段时间，你对我的漠然尤为显著。你断然不会想到，随着冬季战役的接连打响，我的忧思也与日俱增。吕克的父亲入伍了，这样一来，不仅暑假，新年和复活节的假期吕克也跟我们待在一起。战争令他血脉偾张。他担心自己还没到十八岁战火就停了。过去从不看书的他开始忘情地攻读那些军事专著，钻研各种舆图，还开始有条不紊地强健体魄。十六岁时，他已然是个男子汉，一个坚韧不拔的男子汉。伤病与牺牲都无法撼动他的决心！我让他读了许多极为阴森的战壕故事，他却把这看作一场骇人但壮阔的运动，且只限有能者才能参与：得抓紧时间了！他是多么担心错失良机啊！还随身携带那位蠢货父亲给的入伍同意书。1918年1月，随着他那宿命生日的临近，我提心吊胆地关注着老克里孟梭[1]的动向，密切监视他的一举一动。这心情就如囚徒的双亲渴盼罗伯斯庇尔[2]覆灭一样，巴望着他能在自己的孩子受审前就直接倒台。

吕克去苏日兵营受教和训练的时候，你给他寄去了一些毛衣和吃食，可你的话却令我怒从心起。你说："不幸的孩子，惨是惨了些……幸好他死后也没人了……"可怜的伊莎，我明白你其实并无歹意。

某日，我意识到期盼战争在吕克出发前落幕已是无望。"贵妇小径"[3]的前线被击溃后，他前来与我们辞行，这比他预想的早了半个月。唉！我提起莫大的勇气才敢回忆这段可怕的往事，它至今仍让我在午夜梦回时，惊惧到失声大喊。我到书房里找出了一只皮质腰袋，这是我特意到皮货商那里按照之前腰袋的样式定制的。我爬上矮凳，想把书架顶端的德摩斯梯尼石膏头像拉出来，但怎么扯都扯不动。战争动员令发布后，我就

---

[1] 乔治·克里孟梭。"一战"期间法国内阁总理。
[2] 法国大革命时期政治家，雅各宾专政时期的实际最高领导人。"热月政变"时，被逮捕并送上断头台。
[3] 位于法国巴黎北部的一条休闲步行道，是法国国王路易十五设计给他的女儿们做娱乐之用的。

在里面藏满了金路易[1]。在这世上，我最在意的便是这堆金子。我伸手探入，抓了几把，把皮腰袋塞得鼓鼓囊囊。这条沉甸甸的"蟒蛇"啖足了金币，盘上我的脖子，压塌了我的颈椎。

我十分忐忑地把它递给吕克。起初他还没发现我给了他什么。

"姨父，您给我这个做什么？"

"在营地里，会用上的。万一你被俘虏了……或者遇着其他一些情况，有了它就好办了。"

"噢！"他笑了，"手头这些装备就让我够呛了，您怎么还指望我绑着这些钱呢？一入沙场，我就得把它丢入茅厕……"

"孩子，战争刚开始的时候，但凡有钱人都是带着黄金逃难的。"

"那是因为他们不清楚即将面临什么境遇，姨父。"

他站在房间中央，把腰袋扔在沙发上。这个蓬勃的少年裹在稍显肥大的军装里，显得如此瘦弱！敞开的领口裁出稚嫩的颈项，像是军人子弟一般。推平的寸头抹去了他脸上所有的个人特征。他已做好赴死的准备！他严阵以待，与其他士兵毫无

---

[1] 第一次世界大战前法国使用的二十法郎金币，金币上有路易十三、路易十四等人的头像。

二致，难以区分。他已然是个无名氏，已然是个失踪者。他瞧了一眼那只腰袋，随后带着嘲弄与鄙夷的神色抬眼望向我。但他还是与我拥抱了。我们一起下楼，把他送到了门口。他转身朝我喊道："把那些物什都放到法兰西银行去。"他的身影已消失。只听你笑着对他说：

"这就别抱太大希望了！对他来说太强人所难了！"

门又关上了，我一动不动地站在门廊处。你对我说："承认吧，你明知他不会要你的金子。你这步以退为进走得真是稳当。"

我记起被丢在沙发上的腰袋，说不定已被某个仆从发现了。谁说得准呢！我急忙跑上楼，再次用肩头扛起腰袋，把里面的东西全倒回德摩斯梯尼的头像之中。

没过几天，我母亲就过世了，可我几乎没有察觉。她神志不清了好多年，也没跟我们住在一起。如今我倒是日日都念着她，念着我的韶华与我少时母亲的模样，她后来的模样我已记不清。纵然讨厌墓地，我也偶尔会去看她。自从发现有人在墓地偷花后，我去时便不再带花了。穷人会偷走富人的玫瑰来祭奠已故的亲人。应当花钱围一圈栅栏，但这年头干什么都很贵。而吕克，连座坟头都不曾有过。他不见了，成了一名失踪者。我看着钱包里仅有的一张明信片,是他抽空寄给我的:"一切安好。包裹已收。此致怀思。"他写了"怀思",无论如何,我从自己不幸的孩子那里也曾收获过"怀思"。

11

昨夜,一阵窒息之感将我惊醒。我起身,蹒跚地挪坐到扶手椅中。狂风声中,我重读了自己最近写下的文字,惊讶地发现它们竟驱散了心底的阴霾。我把胳膊倚在窗台上,继续写下去。风停了,漫天星河下,卡莱斯还在静静沉睡。可午夜三点,忽又狂风大作,奔雷走电,冰冷的雨点急急落了下来。滂霈之雨敲击于瓦上,我担心外面下起了冰雹,连心脏都要骤停了。

葡萄的花期已过,满坡皆是行将收成的果实,但我觉得此时的它们更像被猎人弃于暗夜里用以引诱猛兽的幼崽。雷云翻滚着,咆哮着,盘旋于在劫难逃的葡萄园上空。

如今,收不收成跟我还有什么关系呢?在这世上我再也无法收获任何东西了。我能做的唯有加深对自己的了解。伊莎，听好了，在我死后，你会在文件堆里发现我的遗书。这份遗书是在玛丽去世的几个月后起草的，那段时间我也病了，担心孩子被我连累的你对此十分忧虑。你会在这封遗书中发现一段宗教信仰的声明，措辞大致如下：如果在我临终时，接受神甫前来祝祷，则趁本人清醒时事先声明，我反对在自己神志不清、身体衰竭之时，有人逼我做出与我本人理智相悖之事。

然而，我得向你坦言，这两个月，在我克服了反感情绪，心无旁骛地自我审视之时，也就是在我的意识最为清醒之时，纠缠我的恰恰正是来自基督教的诱惑。我再也无法否认，在我心里也存在一条道路可以抵达你的上帝。我若是个目空一切的人，自然可以抵挡这股欲望。我若是个将自己视若敝屣的人，自然不会去追根究底。然而，即便如我一般冷硬、漠然、生来惹人厌恶以致周遭一片死寂的人，也始终无法抵挡对希望的渴求……伊莎，你相信我吗？也许上帝并不是为你们这群正经的教徒而降临的，他若降临人间，应是为了像我这样的人。你不了解我，不清楚我是怎样的人。之前读完的种种，能否让我在你眼中少一些丑恶呢？至少你能看出在我身上存在一根隐秘的心弦。只消玛丽依偎在我怀中，便能令其颤动；每当小吕克周日弥撒归来，坐在屋前的长椅上凝望草地时，也能令其激荡。

唉！千万别把我当作妄自尊大之人。我了解我的这颗心，这颗如蛇结一般的心：它被无数蝰蛇压得难以喘息，被其毒液浸透至深；它在乱窜蠕动的蝰蛇之下，依旧跃动不息。这蛇结无法松解，只有尖刀与利刃才能将其斩断："我并没有带来和平，而是带来了刀剑。"[1]

明日，我也许就会否认今日的这番剖白。就像这一夜，我推翻了三十年前的遗言一样。我总是不由自主地反感你所主张的一切。直至今日，我仍排斥那些打着基督教名义行事的人。这难道不是对希望的玷污、对容颜的亵渎吗？他们亵渎的是上帝的容颜与面孔。你可能会说，像我这样的卑劣之人有何资格评价他人？伊莎，相较于那些人的德行，难道不是我的某些丑恶与你所崇敬的十字圣号更为相似吗？或许在你眼里，这番言论已是一种悖谬的渎神。那你应当证明给我看。为何不同我说话呢？为何你从不与我交流？说不定你的某句言语便能动我心弦呢？今夜，我发觉就算我们重新开始也还不算太晚。若是我在生前，就把这些文字拿给你看呢？若是我以上帝的名义恳求你读完呢？若是你甫一阅毕，我便候在你身旁呢？若是你热泪

1　《马太福音》第 10 章第 34 节。

盈眶地回到我的房间，向我展开怀抱呢？若我乞求你的原谅，我们双双跪下祷告呢？

骤雨似已停歇。拂晓前，星河微漾。木叶上点滴霖霪，我误以为又落雨了。假如我上床睡觉，还会喘不过气吗？但我再也写不动了。我搁下笔，顺势把脑袋靠在硬实的椅背上。

野兽的嘶鸣吵醒了我。一道电光伴着惊雷踏破青冥、响遏行云。而后便是一片死寂。山坡上传来火箭弹爆破的声响，是葡萄园主为了驱散雹云或化云为雨而发射的。巴萨克与苏玳[1]在等待灾祸的惊惧下瑟瑟发抖，弹雨从那片隐秘的角落逐云而去。为了驱雹，圣文森教堂的钟声气势熏灼，如同暗夜里为驱散怯意而放声高歌的人。耳畔忽而传来一阵响动，如一捧碎石砸落瓦上……是冰雹！换作不久前，我定会直冲窗台。好几个房间的百叶窗砰砰作响。你朝着一位匆匆穿过院子的人大喊："严重吗？"他回道："好在冰雹夹着雨点，但下得真够凶的。"一个受惊的孩子赤脚在走廊上奔跑。我习惯性地估算起来："十万法郎就这么没了……"可我不动如山。若换作从前，任何事都阻止不了我下楼。有天晚上，我还被人撞见踩着拖鞋

---

[1] 法国波尔多南部的两个村庄，是"苏玳"这一葡萄品种的主要产区。

站在葡萄园里,任凭冰雹砸在头上,手里的蜡烛早已熄灭。根深蒂固的农民本能逼着我奋不顾身。我恨不得躺下来,用身体替它们抵挡冰雹的侵袭。而今夜,我却仿佛成了旁观者,要知道,这些说到底都是我的财产。终于,我脱身了。我不清楚为何脱身,也不知道是谁帮我脱身的。伊莎,绳索已经断了。我随浪浮沉。是什么力量牵引着我?一种盲目的力量?一种爱的力量?也许是爱吧……

第二部分

DEUXIÈME PARTIE

12

巴黎 布雷亚路

我为何把这本笔记放进了行李箱呢？现在我该如何面对这份冗长的自白呢？我已跟家人彻底决裂。那个我想推心置腹的女人，如今便当她不存在了吧。为何我还要重新提笔呢？也许是因为这些笔墨在不经意间让我得到了某种抒发与解脱吧。冰雹之夜写下的最后几行文字揭露了怎样一个我啊！我当时莫不是快疯了？不，不，今天就别再讲"疯癫"的事了，甚至不应该提起这两个字。万一这些文字落入某些人之手，必定会成为对方抗衡我的武器。它们不是写给任何人看的，一旦我病重，势必将其销毁……除非把它留给那个素未谋面的儿子。我来巴黎便是为了寻他。在谈及1909年的那段情史时，我就亟欲跟伊莎摊牌，向她承认我那个躲去巴黎的女友其实怀了身孕……

战前，我每年都会给这对母子寄去六千法郎，私以为颇为大方。但我也从没想过增加金额。若是这两个人从事了底层劳作，在生活的奴役下苟延残喘，那也是我的过错。由于他们住在布雷亚路附近的街区，我便在这条路上的家庭公寓里住了下来。床铺和衣橱之间的空隙，刚好够我坐着写字。周边喧嚣不已！在我的青年时代，蒙巴纳斯一带还十分安静。现如今这里住着的却是一群彻夜不眠的疯子。与之相比，卡莱斯门前的那晚都显得安静多了，那一夜，我看着他们争论不休，听着他们高谈阔论……为何还要回想这些呢？然而，把苦痛的过往书写下来，也不失为一种解脱，即便只是片刻的解脱……更何况，我为何要销毁这些文字呢？我的儿子，我的继承人，他有权了解我。自他出生起，我便与他形同陌路，这份剖白恰好可以稍稍弥补这一裂痕。

唉！只可惜见了两次我便知道他是个怎样的人了。他对这些文字不会有丝毫兴致。他这么一个小职员，一个嗜好赌马的蠢货，如何理解这些呢？

在波尔多去往巴黎的夜车上，我还编织着他对我责难时我能做出的应对。都怪小说和戏剧的荼毒，才让人产生了这些刻板印象！我深信会找到一个郁郁寡欢但握瑜怀瑾的私生子。时而赋予他吕克的赤子之心，时而又把菲力的风流倜傥安在他身上。我什么都想过，唯独没想过他会像我。真的会有父亲乐意听到别人说"此子肖似乃父"吗？

眼见自己的翻版如鬼魅般站在面前，我才知道我有多痛恨自己。我疼爱吕克，是把吕克当作一个不像自己的儿子看待。而罗贝尔唯有一处不像我：无论参加什么考试，他都通不过。在屡战屡败后，他只能放弃。他的母亲为他倾尽了家财，因此十分瞧不上他，动辄对他冷嘲热讽。他耷拉着脑袋，对于平白耗尽家产这事也自责不已。从这一点来看，他倒确实是我儿子。然而，我给他带来的这笔财富超出了他贫乏的认知。对此他没有任何概念，不信这是真的。坦白来讲，他和他的母亲甚至为此提心吊胆："这不合法吧……我们会被抓起来的……"

我曾爱过的这个女人，如今面色苍然，双鬓斑白，还圆滚滚的，十分可笑。她用那双依然漂亮的眼睛注视着我，对我说道："要是在路上遇见您，我都认不出来了。"而我呢，我能认出她来吗？我还担心她对我怀恨在心，伺机报复。我千思万虑，唯独没料到她会如此呆滞和漠然，每天八个小时的打字工作让她变得乖戾又迟钝，她怕惹是生非。由于早年出过官司，她对司法抱有一种病态的戒心。我已把办法跟他们解释得十分清楚：罗贝尔以自己的名义在信贷银行租一个保险箱，我把财产转移进去。他授权我可以打开这个保险箱，并保证在我生前绝不触碰。当然，我还要求他签署一份声明，承认保险箱里的所有财物为我所有。我可不能把自己的身家全权交付给一个陌生人。然而，这两个蠢货却提出了异议，认为在我死后，这份声明会被发现。他们不愿配合。

我试图告诉他们，要是找到一位如布吕这样值得信赖的乡村诉讼代理人便能解决此事了。布吕能有今天全仰仗了我，我与他打了四十年交道。他会替我保管一个信封，上面写着"我离世当日即焚"几个字。我坚信在我死后，这个信封及里面的所有物都会被焚毁。而信封里就有罗贝尔给我写的这份声明。我确信布吕会照做，是因为这份密封的信札中的某些文件也是他期望销毁的。

可罗贝尔与他母亲还害怕，在我死后，布吕非但不焚毁文件，还会借此勒索他们。关于这一点，我早有防范：我会再给他们提供些物证，若是布吕出尔反尔，这些材料足以把他关进去。布吕会当着他们的面焚毁这份声明，他们只需将我之前递来挟制布吕的"武器"还给他即可。还想怎样呢？

可他们就是搞不明白，简直冥顽不灵，一个愚蠢，一个低能。我奉上数以百万的家财，他们非但没有如我所想一般对我感激涕零，还如此掂斤播两、吹毛求疵……就算真冒些风险又能怎样！不入虎穴，焉得虎子。不，他们不愿签署声明：

"将来做收入申报就够棘手了……我们会有麻烦的……"

啊！若非对家人深恶痛绝，我早就将这对母子撵走了。这俩人惧怕的也正是我的"家人"。

"他们会发现秘密……会起诉我们的……"

罗贝尔和他母亲总觉着我的家人已经报警，我也被监控了。所以，他们只应承在夜里或者在僻静之地与我会面。莫非他们觉得我如今的身体还经得起熬夜折腾与来回打车吗！我并不认为家人对我已有猜忌，我并非首次单独外出，他们也不可能察觉到我在卡莱斯的那个夜晚悄悄列席了他们的"军事会议"。总之，他们尚未发现端倪。这回，任何事都无法阻止我达成所愿。罗贝尔答应我的那天，我便能高枕无忧了。只是这懦夫不会轻易配合。

今夜是 7 月 13 日，在布雷亚路的尽头，有一场露天演奏会。一双双爱侣随着音乐轻舞飞扬。唉，卡莱斯多么静逸！我记起在那里度过的最后一个夜晚。尽管医生明令禁止，我还是服用了一片弗罗那[1]便陷入了沉睡。我惊醒后,看了下表,时间是凌晨一点。窗户开着,院中和客厅空无一人,我却听见了些许人声。这让我害怕。我走进盥洗室,里面的窗户是朝北开的,与门前的台阶位于同一侧。这么晚了,全家人还聚在那里,十分反常。此时夜阑人静,这一侧只有盥洗室和走廊的窗户开着,所以他们毫不设防。

夜,静谧而闷热。在沉默的间隙,我听见伊莎短促的呼吸和一阵划擦火柴的声响。没有一丝风拂动漆黑的榆树。我不敢探出头去,但我能认出每个敌人的嗓音与笑声。起初,他们并未争吵。不知是伊莎还是热娜维耶芙发表完意见后,大家沉默了良久。于贝尔说了句什么,菲力突然激动起来。于是大家都放开了,纷纷议论起来。

"妈妈,你确定他书房的保险箱里没什么值钱的东西吗?吝啬鬼总是随心所欲的。还记得他本来打算给小吕克的黄金吧……他藏哪儿了?"

"不清楚,他知道我晓得保险箱的密码是'玛丽'的名字。只有找保单或税单的时候,他才会去开保险箱。"

"妈妈,看看这类单据也可以猜出他藏了多少钱吧。"

1　用于治疗焦虑、失眠的药物。

"里面只有一些房产相关的文件,我确认过。"

"这明显说明了一个问题,你们没发现吗?他对我们十分戒备。"

菲力打着哈欠,低声抱怨:"可不是嘛!真是条鳄鱼!遇到这么一条鳄鱼,真是我的造化!"

"照我看,"热娜维耶芙说,"你们在里昂信贷的保险箱里也一样没有收获……雅妮娜,你觉得呢?"

"妈妈,其实有时候他看起来对你还是有些情分的。你们小时候,他也从没给过你们片刻的温情吗?真的没有?那得怪你们没哄好他,怪你们不够机灵。我们得尽力在他膝前尽孝,才能让他弃械投降。要不是他对菲力极为反感,我肯定早就成功了。"

于贝尔没好气地打断了他的外甥女:

"你那狂悖的丈夫确实令我们损失惨重……"

我听见了菲力的笑声,于是微微俯身望去。打火机的火花忽闪了一瞬,照亮了他合拢的双手、颓唐的下颌和饱满的双唇。

"得了吧!可不是我来了之后他才厌恶你们的。"

"不,过去他并没那么讨厌我们……"

菲力接着说道:"还记得外婆说的吗?在小女儿去世的时

候，他的态度是怎样的……他好像根本不在乎……也从不踏入墓地……"

"不，菲力，这么说就太过分了。若说他在这个世上还爱过什么人，便只有玛丽了。"

要是没有伊莎这段微弱而颤抖的辩白，我早就拍案而起了。我坐在一把矮椅上，身体俯向前方，脑袋靠在窗台上。只听热娜维耶芙说道：

"如果玛丽还活着，也就没什么可说的了。反正只会便宜了她……"

"得了吧！若是玛丽还活着，他也不会对她有什么好脸色。他就是个魔鬼。在他身上不存在人类的感情……"

伊莎仍想反驳："菲力，请不要在我和孩子们面前诋毁我的丈夫。给他一点尊重吧。"

"尊重？尊重？"我似乎听到他的咕哝，"你们以为我乐意加入这样一个家庭吗……"

他的岳母冷冰冰地回道："也没人逼你来。"

"谁叫你们让我瞥见了一丝希望呢……算了吧！雅妮娜哭了。到底怎么了？我哪句话说错了？"

他极为不耐地抱怨："哎呀！"

耳畔传来雅妮娜擤鼻涕的声音。我分辨不出是谁在悄声说着:"好多星星!"

圣文森教堂敲响了两点的钟声。

"孩子们,该去休息了。"

于贝尔表示反对,他觉得此事悬而未决,不能就此作罢,是时候采取行动了。菲力附议,他认为我活不长了。我一死,他们便无计可施。因为我必定早已防范周全。

"可是孩子们,你们还想让我做什么呢?我全都试过,真的无能为力。"

"你有办法的。"于贝尔说,"其实,你还可以……"

他耳语了些什么?我最感兴趣的内容却没有听见。从伊莎说话的语气可以猜到,这方法令她大为震惊,以致气急败坏。

"不,不,我很不喜欢这样。"

"妈妈,这无关你的喜好,这是为了拯救我们的遗产。"

又是些含混不清的怨怪,被伊莎打断了:

"孩子,这未免太无情了。"

"外婆,您可不能再继续当他的帮凶了。只有得到您的允许他才能剥夺我们的继承权。您的缄口不言就是一种默许。"

"雅妮娜,亲爱的,你怎么敢……"

多少个夜晚,在这个"嚷嚷怪"的父母想要睡觉的时候,在没有任何保姆还能忍受她的时候,是可怜的伊莎把她抱到了自己的房间，守护在她的床前……雅妮娜冷冷地说着，那语气令我怒不可遏。

"外婆，跟您说这些我也不好受。但我有责任这么做。"

她的责任！她把自己的"肉欲"称为"责任"。她害怕被那个无赖抛弃。而那个无赖，我听到他在一旁傻笑……

热娜维耶芙支持女儿的观点：懦弱确实是共犯。伊莎叹了口气：

"孩子们，或许最简单的法子是给他写信。"

"啊！不行！千万不能写信！"于贝尔驳斥，"妈妈，都是信件坏的事，你不会已经写了吧？但愿你还没写。"

伊莎承认自己给我写过两三回。

"这些信里不会有威胁或辱骂的言辞吧？"

伊莎迟疑着是否要承认。而我，笑了……是的，她给我写过信。我都珍藏好了。其中有两封对我肆意谩骂，第三封委婉些。若是她的几个傻孩子怂恿她向我提起分家析产诉讼，这些物证会让他们全盘皆输。全家人都忧心了起来，真真是一犬吠影，百犬吠声。

"外婆，您没给他写信吧？他手上没有不利于我们的信件吧？"

"没有，我不记得了……但是有那么一回，圣文森村的那个不起眼的诉讼代理人布吕,就是我丈夫不知道用什么办法牢牢把控住的那个人(也是个卑鄙无耻的伪君子),他曾唉声叹气地对我说:'太太啊!您竟然给他写信了,这也太不小心了……'"

"你给他写什么了?我希望没有侮辱性的话吧。"

"有一回是发生在玛丽死后,我对他的声讨稍显过激了。还有一回发生在 1909 年,那次是因为他有外遇,而且比以往任何时候都要荒唐。"

听到这话,于贝尔暴跳如雷:"这太糟了!简直糟糕透顶……"伊莎让他放心,并确信自己已做好善后事宜,说她后来致歉了,也认错了。

"啊!还有这事,这无疑是雪上加霜……"

"这样一来,就算起诉分家析产,他也无所畏忌了。"

"说到底,你们究竟为何觉得他阴险至此呢?"

"看到没!真是眼盲心瞎!看看他那些难以捉摸的财物操作,那些含沙射影的言语,还有布吕在人前不小心透露出的话:'老头死后,他们有的是苦头吃……'"

他们争论了起来,就当老太太不存在一样。她嗟叹着从扶手椅中站了起来,说自己有风湿病,不该深夜坐在室外。没有人回应她。我模糊地听见他们向她道了几声"晚安",但交谈并未终止。她又走过去跟他们一一吻别，会议并未散场。谨慎起见，我躺回了床上。楼梯上传来沉重的脚步声，她走到我的房间门口，我听见一阵粗重的喘息。她把蜡烛放在地上，打开房门，紧靠我的床畔。她俯身看着我，可能是为了确认我是否成眠。为何她要待这么久！我担心会露馅。她喷洒出的呼吸细弱而急促。终于，她关上了门。等她回房落锁后，我又返回盥洗室，复归我的窃听岗。

孩子们还在那里。他们刻意压低了声音。有好多内容我都没听清。

"他本来并非那个阶层的人。"雅妮娜说道，"也有这部分的原因。菲力，亲爱的，你咳嗽了，把外套穿上吧。"

"说到底，他最讨厌的并不是妻子，而是我们几个。真让人难以置信！就算书上都找不到这样的情节。"热娜维耶芙总结道，"咱们不是要对母亲评头论足，可我觉得她确实没那么恨他……"

"那是自然！"这是菲力的声音，"她随时能拿回自己的嫁妆。封多黛热家的老爷子留下的那笔苏伊士股权……1884年之后就涨势喜人了……"

"苏伊士股权！早就抛售了吧……"

我知道这个犹疑又磕巴的声音来自热娜维耶芙的丈夫。可

怜的阿尔弗雷德还没把话说完,就被妻子打断了。她用一种尖刻又刺耳的语调说道:

"你发什么疯!苏伊士股权怎么可能卖掉……"

阿尔弗雷德说,5月份他来看岳母的时候,看到她正在签署一些文件。她对他说:"好像是该抛售了。目前是最高点,马上就要跌了。"

"你也不知会我们一声?"热娜维耶芙吼道,"你这个彻头彻尾的白痴。他竟然让她卖掉了苏伊士的股权?而你的语气就像这是件微不足道的事一样……"

"热娜维耶芙,我以为母亲告诉你们了。既然结婚的时候采用了夋产制的话……"

"话是没错,可难保他没在这场交易里中饱私囊吧?于贝尔,你怎么看?这么重要的事他竟然闷声不响!我还要和这么一个男人共度余生……"

雅妮娜劝他们小声点儿,她的女儿差点儿被吵醒了。有好几分钟的时间,我什么也没听清。接着,于贝尔的声音再一次乍响:

"我在思考你们刚才说的话。妈妈这边,我们束手无策了。只能走一步算一步……"

"或许她情愿这样,也不想分居吧。分居的结果必然是离婚，这就涉及信仰问题了……菲力的提议乍一听确实令人震惊。但说到底，咱也不是法官，最终做决策的不是我们。我们的职责在于把这件事提出来。如果主管部门觉得有必要，事情才会进一步发酵。"

"我再说一遍，你们这么做是在白费力气。"奥兰普表明了态度。

于贝尔的妻子若非十分不忿，不会说得这么大声。她认定我是个镇定自若、精明强干的人。她补充道："在很多观点上，我常常与他不谋而合。要不是你们捣乱，我已让他回心转意了。"

我没有听清菲力说了什么，只知道他的回应相当不逊，让大家哄堂大笑。只要奥兰普开口，都是这样收场。我只听到了只言片语。

"他五年没打官司了，早就不会辩护了。"

"那都是心脏病的缘故！"

"现在的确如此。但他离开法院的时候，病得还没这么重。事实上，他是跟同行不对付。他们在法院的休息室里闹过许多回，这些证据我都收集好了……"

我侧耳倾听，却是徒劳。菲力和于贝尔拉着椅子凑近了些。我隐约听见他们在耳语。接着便是奥兰普的喊叫声：

"得了吧!他是我在这个家里唯一能交流文学与思想的人。你们竟然想要……"

在菲力的回应中我听到了"发神经"几个字。于贝尔的女婿此前几乎没怎么说话,此时也嘶哑地说道:"请对我岳母放尊重些。"

菲力表示自己是在开玩笑。他认为在此事上,他们两个不也深受其害吗?于贝尔的女婿用颤抖的声音坚决地说道,他并不觉得自己是受害者,他跟妻子是因为相爱才结婚的。听完这话,大家附和起来:"我也是!我也是!我也是!"

热娜维耶芙对着丈夫嘲讽道:"哟!你也是?你也在这儿标榜自己娶我时不清楚我父亲的资产呢?还记得咱们订婚那夜,你偷偷跟我说的话吗?你说:'他没给咱们透底也没事儿,只要知道他家财万贯就够了!'"

众人又是一番哄笑。现场嘈杂不已。于贝尔再次打开嗓门,独自说了一阵。我只听见最后一句:

"事关公平正义,这是高于一切的德行问题。我们是在捍卫自己的财产,这是家庭关系中不可侵犯的权利。"

万籁俱寂,静待露晓。他们的声音愈发清晰。

"找人跟踪他?可他跟警察往来密切,此事证据确凿,肯定会走漏风声的……(过了一会儿)他为人狠绝又贪婪,在那么两三个事务中营私罔利也毋庸置疑，但他洞若观火、处变不惊……"

"反正，不能否认他待我们确实残酷又狠辣，简直罔顾伦常。"

"亲爱的，你觉得这些足以开具一份诊断书吗？"阿尔弗雷德对女儿说。

我懂了，我早已知晓，早已水波不惊。这份平静是出于一种坚信：我确信他们是魔鬼，而我是受害者。伊莎的离席令我宽慰。她在场时，多少替我辩白过。他们也不敢当着她的面触及我适才窥听的计划，当然，我并不担心这些计谋。一群可怜的傻子！难道在他们眼里我是那种任人宰割的人吗？在他们出手之前，我就能将于贝尔逼入绝境。他定然不会想到我已将他捏在手里。至于菲力，我手里有份卷宗……但从未动过以此谋事的念头。我不用拿出来，但也不妨碍我可以借此虚张声势。

有生以来，我第一次因为不比别人低劣而快活。我无心报复，或者说，我不要别的报复，只想看他们因为争夺遗产而颓废，而焦虑，而终日郁郁寡欢。

"一颗流星！"菲力喊道，"我还没来得及许愿呢。"

"没人赶得上。"雅妮娜说。

她的丈夫开心得像个孩子，稚气地说道："你要是再看到一颗,就大喊'给我几百万!'"

"这个菲力,真是个傻子!"

他们站了起来。户外椅摩擦着沙砾,我听见大门落锁的声响,走廊上传来雅妮娜隐忍的笑声,一扇扇门房此起彼落着闭合。我已打定主意,两个月来我都没发病,没什么事能阻止我前往巴黎。外出时,我一般不会知会他人。但我不希望这次出行看起来像场逃亡。直到早上,我才把早前的计划调整完毕,正式敲定。

13

午间醒来，我丝毫不觉体乏。布吕接到电话，午后便赶来了。我们在椴树下来回走着，约莫聊了三刻钟。伊莎、热娜维耶芙和雅妮娜远远望着我们。她们惴惴不安，我却以此为乐。家中的男丁都在波尔多，太可惜了！关于这个上了年纪却不起眼的诉讼代理人，他们是这样说的："布吕对他真是死心塌地。"可怜的布吕，竟被我像奴隶一样紧紧攥在手里！他们该来看看，今天早上这个可怜虫据理力争的模样，就为了让我不要把他的把柄交给可能继承我遗产的那个人……

"不过，"我说，"待你焚毁他签署的那份声明，他就会还给你的……"

临行前，他向太太们深深鞠了一躬，但她们没太搭理他。

他惝恍地骑上自行车离开了。我走到三个女人身边，说我今晚要动身去巴黎。伊莎表示反对，她认为以我的身体状况，独自外出实在是冒险。

"我总得去打理打理那些投资吧。"我答道，"也许看着不像，但我还是念着你们的。"

她们忧心地打量我。讥讽的语调出卖了我。雅妮娜望着她母亲，鼓起勇气说道：

"外公，还是让外婆或者于贝尔舅舅替您走一趟吧。"

"孩子，这确实是个办法……是个好主意！可谁让我习惯了亲力亲为呢。况且，我谁都信不过，我也知道这样不好。"

"您自己的子女还信不过吗？外公呀！"

她在叫"外公"时加重了语气，略显做作，还装出一副不容拒绝的娇憨。她那烦人的嗓音，昨天夜里我也听过，只不过与其他人的声音混在了一起……于是我笑了，这别有用心的笑声引发了我的咳疾，显然也让她们毛骨悚然。我永远忘不了伊莎那副可怜兮兮的面孔和不堪重负的神色。她应该遭受了多轮驱策。说不定我一转身，雅妮娜就会再次向她施压："外婆，别让他走……"

可我的妻子精神不济，她做不到了。她已精疲力竭，无能为力。某天，我听到她对热娜维耶芙说："我想睡了，就这样长眠不醒吧……"

现在,我有些同情她,就像当年同情我那可怜的母亲一样。孩子们搬出这台残破失灵的老机器来对付我。也许他们以自己的方式爱着她吧,要她去看医生,要她注意饮食有节。

待她的女儿和外孙女走远后,她向我走来。

"你听我说,"她的语速很快,"我需要钱。"

"今天是10号,这个月的用度1号就给你了。"

"没错,但我借了点钱给雅妮娜。他们手头很紧。我在卡莱斯还能省下些钱。这笔钱你从8月的用度里扣除就行。"

我表示此事与我无关。我没理由供养那位菲力。

"我在肉店和杂货铺还有些账单欠着没付……在这里,你看。"

她从包里取出账单。我心生怜意,建议给她开几张支票:"这样一来,我就能确认钱没花到别处去……"她同意了。我拿出支票簿时,发现雅妮娜同她母亲正在玫瑰花径上盯着我们。

"我敢确定,"我说,"她们以为你在同我谈别的事……"

伊莎轻颤起来,低声问道:"什么别的事?"此时,我感觉心口一悸,双手捂向胸脘。她很熟悉这个动作,凑上前道:

"你不舒服吗?"

我倚着她的胳膊歇了一会儿。小径两旁种满椴树，我们就站在道路中央，如同一对相濡以沫走过半生的翁媪。我轻声说道："好多了。"她应是知道这是个开口的良机，绝无仅有的机会。可她实在没有力气，我发现她喘得厉害。虽然我老病缠身，但至少抗争过。她却听之任之，什么也没给自己留下。

她正搜肠刮肚。为了提起勇气，还朝女儿和外孙女的方向瞥了一眼。我发觉她望向我的目光，带着一丝莫名的倦怠，又或许是怜悯，无疑还有些许歉疚。孩子们昨夜的话，必然让她伤透了心。

"看你独自出门，我很担心。"

我回答说，若我不幸在外遭难，就没必要把我运回来了。

她求我不要再说这样的话。我补充道：

"伊莎，没必要花这个钱。哪里的墓地都一样。"

"我也这样想。"她叹了口气，"随便他们把我葬在哪里吧。以前，我老想着要长眠于玛丽身边……可如今玛丽还剩下些什么呢？"

我再一次了然，于她而言，小玛丽只是一堆尘土、一副枯骨。我不敢辩说这些年来，我觉着自己的孩子仍然活着。我能闻到她的气息。她如一道疾风，往来于我灰暗的生命里。

无论热娜维耶芙和雅妮娜如何盯梢,都是徒劳。伊莎似乎已累极。她是否已然察觉,自己这些年的努力不过是一场镜花水月?热娜维耶芙和于贝尔在孩子们的策动下,把这个老太太——伊莎·封多黛热,这个曾在巴涅尔的夜色里绽放芬芳的少女,推到阵前与我对峙。

我们已在战场上交锋了半个世纪。然而,在经历漫长的缠斗之后,这两个死敌却在这个怆然的午后,于迟暮之年心有戚戚。我们看似龃龉,却还是抵达了同一个终点。在静待死神的这座悬崖之上,寸草不生,一片荒芜。至少于我而言确实如此。而伊莎,还有她的上帝。上帝不会抛下她。我曾经执着的一切,同时也是横亘在她与上帝之间的欲念,都在刹那间不复存在了。她再也不会与上帝分离了,可此刻的她看得见吗?答案是否定的。她的心里还装着孩子的野心与诉求。她依然放不下他们的愿望。为了他们,她必须重拾心情,披坚执锐。为财富与康健而烦恼,为野心与猜忌而奔走。这一切于她而言,仿若学童面前的作业一样,而老师已在上面批注了"重做"二字。

她再一次望向热娜维耶芙和雅妮娜。那对母女手持修枝剪,正佯装修整花圃。我坐在长椅上歇歇脚的时候,发现妻子低着头走开了,她就像等着挨骂的孩童一样。日头毒辣,暴雨将至。她步履维艰,每走一步都是煎熬。我似乎听到她的哀叹之声:"我这双腿呀!"共度一生的两个老人,永远不可能如他们所想那般怨怼如斯。

她已走到孩子那边,也明显受到了责备。顷刻间,她又朝我走来,满面通红,气喘不止。她坐在我身边,哀怨道:

"一到雷雨天,我就不舒服。这些天我的血压很高……路易,你听我说,有件事让我不太放心……关于我嫁妆里的苏伊士股权,你后来是怎么处理的?我知道你当时让我签了些文件……"

我告知了她,在股票下跌前夕,我通过此举为她赚取暴利的具体金额,也跟她解释了,这些利润已被我再次投资于别的债券。

"伊莎,你的嫁妆又生出了一笔小钱。即便算上法郎贬值的因素,仍能让你喜出望外。你的嫁妆和收益,都在威斯敏斯特银行你名下的账户中……孩子们谁也觊觎不了……你只管放心。而我的钱和我的收益,都归我管。该是你的还是你的。去吧,就在那里,让那些个爱管闲事的天使放宽了心。"

她猝然拉住了我的臂膀。

"为什么讨厌他们?路易,为什么要憎恨你的家人?"

"憎恨我的不是你们吗？更确切地说，是你的孩子。而你……除却我惹恼你和吓怕你的时候，你都只是无视我罢了……"

"你大可以再加上'我折磨你的时候'，你以为我就不曾感受过痛苦吗？"

"得了吧！你的眼里只有孩子……"

"我能抓着的只有孩子了。除了他们我还剩下什么？"她的声音越发低缓，"婚后第一年你就抛下了我，还有了外遇，你自己清楚。"

"可怜的伊莎，你不会是想让我相信，你因为我那些拈花惹草的行为而困扰了吧……"

她啼笑皆非："你倒是坦诚得很！真没想到你会如此不在意我……"

我的心因生出妄念而颤动不止。这么说有些怪异，物换星移，这不过是旧日春心。我渴盼着四十年前她曾默默地爱过我……然而，我并不相信……

"你当时只字未提，不声不响……你有孩子们就心满意足了。"

她掩面而泣。今日之前，我从未注意过她手上凸起的青筋和岁月的斑点。

"孩子们啊！我想起我们刚分房睡那会儿，有好几年我都坚持一个人睡，夜里从不让孩子陪我过夜，哪怕他们病了也雷打不动。只因为我在等你，我盼着你能来寻我。"

泪雨落在她枯槁的手上。还是那个伊莎。只有我还能认出，这个臃肿而蹒跚的妇人，便是去往百合谷的路上，那位誓愿穿白的少女。

"都这把年纪了，还讲这些……既可耻，也可笑吧……是的，尤为可笑。路易，让你见笑了。"

我望着葡萄园，没有言语。就在那一刻，我如堕烟海。我们携手走过近半个世纪，是否只留心了对方身上的某个侧面呢？是否习惯于从对方的言行中拣选出滋养怨愤与维系仇恨的内容呢？脸谱化地看待他人是人类难逃的天性。抹去一切削弱讽刺的笔墨，删除所有摆正浮夸的言辞，从而让恨意更合乎情理。

我心绪不宁，也许伊莎也注意到了。她急于找寻可乘之机。

"你今晚不走了吧？"

在她以为"驯服"了我时，我看到了她眼里闪现的微光。我故作吃惊，表示自己没有理由推迟行程。我们又一道往回走去。因为心脏病,我们没有沿着种满千金榆的小径往上走,而是顺着环抱房屋的椴树小径绕回了家中。就算这样,我仍感到迟疑与惶惑。若是我不走了呢?若是我把这些文字交给伊莎呢?若是……她把手搭在了我的肩头,她已有多久没做过这个动作了?小径出来便是家门,大门朝北。伊莎说道:

"卡佐从不知道收拾一下这些户外椅……"

我漫不经心地瞥了一眼。那空空如也的一只只椅子,还围着一个小小的圈。想必椅子的主人觉得需要如斯靠近才能低声交谈吧。地上有许多鞋后跟的印子。到处都是菲力扔下的烟蒂。昨晚,敌人曾驻扎于此。他们在星夜下谋事。在这里,在我家,于我父亲亲手栽下的树林前,讨论着如何鱼肉我。在一个谦卑的夜里,我曾将自己的心比作蛇结。不,不是的,这团蛇结而今并不在我体内。那一夜,它逃离了我的身体,在这石阶之下,蟠络成一个丑陋的圆圈,而地上依然残存着它的痕迹。

伊莎,我让你拿回你的钱,还有我为你挣的利。但除此以外,便没有了。甚至房产地契,我也会想办法令他们一无所获。我会卖掉卡莱斯,卖掉这片荒原。我家族的财富将交给那个素昧平生的儿子。明天,我将去会会这个年轻人。不管他是怎样的人,至少他不认识你们,并未与你们狼狈为奸。他养在千里之外,也不可能对我怀恨在心。即便他恨我,仇视的也只是一个抽象的存在,与我本人并无瓜葛……

我怒气冲冲地挣脱开来,匆匆迈上门口的台阶,遗忘了这颗老病的心脏。伊莎大喊道:"路易!"我头也不回。

14

睡意阑珊,我穿戴好,来到了街上。我得在这群舞动的男女中挤出一条路,才能抵达蒙巴纳斯大道。即便如我这般积极拥护共和政体的人,也会避着 7 月 14 日[1]的各种庆典。任何正经人都不会想在大街上找乐子。今夜,在圆亭咖啡馆门前的布雷亚路上,这群跳舞的人倒并非市井泼皮,也无甚伤风败俗的画面。小伙们朝气蓬勃的,没戴帽子,还有几位穿着开领的短袖衬衫。来跳舞的年轻女孩更是见不到几个。若是往来的出租车妨碍了舞步,他们便索性蹲在车轮上阻挡。由于兴致颇高,他们的态度还算和善。有个年轻人不小心撞到了我,随即

---

1 法国国庆节。

叫道:"给您老让个路!"我从两列欢欣的面庞中穿过。一个发际线压得很低的棕发少年对我说道:"老爷爷,你不困吗?"吕克若还活着,也会同他们一道在街头嬉笑与漫舞。像我这么一个不知放松与消遣为何物的老古董,也会向那可怜的孩子讨教一二吧。吕克本可以成为这里最志得意满的人,他衣食无忧……可最终得到的却是满嘴黄土……我一时思绪万千,这时一阵熟悉的疼痛袭向心脏,令我胸口一紧。我在咖啡馆沸腾的露台上坐了下来。

在人行道往来的人群中,我蓦然发现了自己的影子——那是罗贝尔,边上还有个一脸穷酸的同伴。罗贝尔像我,双腿健壮,上身矮短,脑袋埋在耸起的双肩之间,正是我厌恶的模样。在他身上,我所有的缺陷都显得更为触目。我的面庞偏长,到他那里就直接成了马脸,这是一张驼子特有的脸,连声线都与佝偻之人一般无二。我叫住了他。他撇下友人,一脸忐忑地四下张望。

"别在这里。"他对我说,"去右边首战街的人行道找我。"

我告诉他,没有什么比隐于闹市更适于避人耳目了。他被我说服了,告别友人后就在我的桌边落座。

他手里拿着一份体育报纸。为了破冰,我聊起了赛马。以前,我同封多黛热家的老爷子也常闲侃这个话题。我告诉罗贝尔，我岳父在押注前，会考虑多方因素。不仅要追溯马匹的血统，还会考量它们的场地偏好……他打断了我。

"我的消息来源是德尔玛（这是他打工的一家布料店，位于小场街）。"

他只对赢钱感兴趣，对马本身兴致索然。

他补充道："我更喜欢自行车。"

他的目光灼灼。

"以后，"我对他说，"您喜欢的会是汽车……"

"也就想想吧！"

他用唾液润湿了拇指，取出一张卷烟纸，卷起了烟丝。又是一阵无言。我接着问他经济危机对他做工的店铺是否有影响。他说店里解雇了一批人，但他没什么事。他的思维永远无法跳出与自己利害相关的狭隘圈子。没想到，我的百万资产就要砸到这样一个蠢材的头上。要是我把这些钱都捐给慈善机构呢？我心下思量，若是亲手将其散尽呢？不可能的，他们会阻挠我……若是立下遗嘱呢？可捐赠额度不允许超过法定限制。哎！吕克，你要是活着该多好……他固然不会接受……但我也有法子让他神不知鬼不觉地发迹且不会怀疑到我头上……譬如给他心悦的女子置备嫁妆……

"先生，咱们说说看吧……"

罗贝尔用发红粗短的手指揉搓着脸颊。

"我想过了,要是这个诉讼代理人布吕在烧毁文件前就死了呢……"

"那他儿子就会继承这份文件。我留给你们对付布吕的'武器',必要时也可以用来对付他儿子。"

罗贝尔还在揉搓着脸颊。我不再多言。胸口一阵滞涩,这种难耐的压迫让我自顾不暇。

"先生,咱们说说吧……假设,布吕确实烧毁了文件,我也把您提供的那份逼他就范的资料还给了他。但事后,谁还能阻止他去您家里知会您的子女呢?他可以去说'我知道钱藏在哪里,我把秘密卖给你们。但得提前说好,我揭露出来你们可以给我多少钱,事成之后你们又能给我多少钱……'他可以要求匿名,届时便可高枕无忧了。通过调查,不难发现我就是您的儿子。自您死后,我和母亲的生活发生了巨大的变化……至此,无非两种结局,要么如实申报遗产税,要么就得隐匿财产,只能二选其一……"

他这番话说得有条不紊,思路也打开了。他的思维机器开始慢慢运作,且一发不可收拾。在这个小职员身上,仍汹涌着农民深谋远虑的本能。他疑神疑鬼,瞻前顾后,从不心存侥幸。或许,与藏匿这笔巨额的财富相比,他更想银货两讫,直接交割十万法郎。

待我的心脏松快了些，心悸也略有缓解，我开口道：

"您说的不无道理。好吧，我答应了。您不用签署任何文件。我信得过您。况且，若要证明这些钱是我的，对我来说不费吹灰之力。这不甚紧要。再过半年，至多一年，我就死了。"

听完，他没作任何表态。在这种情况下，任何人都会客套几句，他却不发一言。倒不是说他比其他同龄人更为漠然，他只是单纯缺乏教养。

"这样的话，就没问题了。"他斟酌片刻，又补充道，"在您生前，我也得时不时去看看保险箱……得在银行混个脸熟，以便我之后去给您取钱……"

"其实，"我说，"我在国外有好几个保险箱。要是您乐意去的话，要是您觉得这样更安心的话……"

"离开巴黎？哎！好吧！"

我告诉他，他还是能待在巴黎的，必要时再外出即可。他问我这笔财产是证券还是现金的形式，还进一步说道：

"我还希望您能给我立个字据，表明自己是在意识清醒的状态下，自愿把财产赠予我的……以免东窗事发后，我被那群人以盗窃的罪名起诉。有备无患吧。也是为了让我心安。"

他又沉默了，还买了花生，就像饿虎扑食一般大快朵颐，接着，冷不防地问道：

"话说回来，那群人到底对您做了什么？"

"给您的，您就拿着。"我冷然地说道，"旁的不要多问。"

他熟透的脸颊染了一丝血色，笑得有些勉强，露出一口健康而尖利的牙齿。这也算这张讨嫌的脸上唯一的可取之处了。他在应对老板训斥时也惯于露出这副神色吧。

他剥起了花生，不再言语，但看起来并无喜色，显然思绪还在翻飞。面对这么大一笔天降的横财，他却只关心那微乎其微的风险。这样的人我还是头一回碰见。我得尽力让他兴奋起来。

"您有女朋友吗？"我问得很直接，"您可以娶她，可以像富人一样生活。"

他有些迷茫，颓然地摇了摇头。我继续道：

"您想娶谁都可以。要是您身边恰好有一位可望而不可即的女性……"

这是第一次他来了兴致。我发现了他眼里闪现的光彩。

"我可以娶布吕热尔小姐！"

"布吕热尔小姐是谁？"

"不，我开玩笑的。她是德尔玛的一位领班。白日做梦！这么出色的女人。她根本没有注意过我，甚至不知道我的存在……做梦吧！"

我向他担保，那份遗产的二十分之一，就足够他迎娶巴黎的任何一位"领班"了。

"布吕热尔小姐！"他一遍遍地念叨，旋即又耸了耸肩，"不可能！您以为……"

我胸痛难耐，招呼侍者前来结账。罗贝尔却做了一个让我吃惊的举动。

"不，先生。您别管了。这点小意思我还请得起。"

我顺心了，把钱塞回了口袋。

我们起身时，乐手正在收乐器。灯串早已熄灭。罗贝尔再也不必担心被人撞见与我待在一起了。

"我送您回去。"他说。

出于心脏考虑，我让他走得慢些。他并未催我推进计划，这一点让我颇为熨帖。我告诉他，若我今晚就死，他的美梦就要化为泡影了。他依旧一副事不关己的模样。说到底，是我搅扰了这个小伙子的生活。他与我身量相当。将来，他能成为一个体面的绅士吗？我的儿子，我的继承人，他看上去是如此庸常！我试图让我俩的交流更贴近些，说自己每次想到抛弃了他们母子，便十分内疚。他似乎很诧异，觉得我能定期给他们寄钱已"相当体面"。

"还有好多人连这一点都没做到呢。"他补充了一个惊人的信息,"反正您也并非头一个……"

显然,对于母亲,他也同样刻薄。走到门口的时候,他突然说道:

"有没有可能……我去找一份可以时常出入证券交易所的工作呢……如此一来,这笔财富也就解释得通了……"

"千万不要,"我说,"您会倾家荡产的。"

他担忧地看着人行道:"我是想着遗产税的问题。监察员若是调查……"

"早就说了,都是现金,一笔匿名的财富。它们都存在保险箱里,除你之外,这世上无人可以打开。"

"话是没错,但不管怎么说……"

我忍无可忍,话没说完就把他直接关在了门外。

15

卡莱斯

一只苍蝇撞击着玻璃窗。我的目光透过玻璃望向了无生气的山丘。风怨怨哀哀地拖着厚重的云,云影在草木间缓缓游弋。这死一般的沉寂,可见万物都在等待着第一声惊雷。"葡萄园害怕了……"玛丽曾这么说过,那是三十年前一个凄怆的夏日,同今日一般无二。我又打开了这本笔记,上面确实是我的字迹。我凑近文字,细细地看着,字里行间还留有我小拇指指甲的刮痕。我会写完的。现在我知道该写给谁了。这番剖白势在必行,但我得删除几页他们理解不了的文字。就算是我,也做不到一口气全篇通读。每隔片刻,我就要歇下来,双手掩面。这样的一个人，芸芸众生中的一员，就是我。你们可以唾弃我，但我依然这样存在着。

7月13日至7月14日的那个夜里，与罗贝尔分别后，我已无力宽衣，直接躺倒在床上。一阵灭顶的重压令我喘不过气来。虽然窒息难挨，却还死不了。窗户敞着：要是我住在六楼……但这是二楼，未必能死成。这是我放弃的唯一缘由。所剩无几的力气，也刚好够让我伸手拿到平时缓解病症的药剂。

破晓时分，有人听到了我按铃的声响。街区的医生给我打了一针。我缓过气来。医生叮嘱我绝对静养。入骨的疼痛让人变得比稚童还要温顺，我丝毫不敢乱动。痛感缓解之后，无论是房间和家具的粗鄙与异味，还是7月14日骤雨般的喧嚣，在我看来都不值一提了。罗贝尔夜里来过一次，之后便再没现身。但他母亲下班后会来看我，待上两个小时，替我处理些琐事，还会帮我去邮局把需要自取的信件拿回来（并没有我家人寄来的信）。

我没有满腹牢骚，反而格外温和，医生开的药我都照吃不误。但我一提及计划，她便会转移话题。她总说"不急"。我很诧异："有证据表明这事很急……"我指了指自己的胸口。

"我母亲活到了八十岁呢，她发病的时候可比您严重多了。"

一天早上,我感到久违的松快。我很饿,但家庭公寓提供的饭菜属实难以下咽。我生出了一股冲动,打算去日耳曼大道找间小餐馆进食,那里有许多我喜爱的餐食。在常光顾的其他馆子里,我屡屡会因其高昂的价格而惊异气恼,相较而言,那一带餐馆的费用要合理得多。

出租车停在雷恩街的街角。为了查看体力的恢复情况,我走了几步路。安然如故。时值正午,我打算先去双叟咖啡馆喝上一夸脱维希矿泉水。我坐在室内的软垫长椅上,失神地望着马路。

倏而,我心中一悸:一窗之隔,我看到了露台上的身影,一个窄肩又秃顶的男子。他的后颈早已灰白黯淡,还有一双扁平的招风耳……这是于贝尔。他在看报纸。近视的缘故,他的鼻子几乎挨到了纸上。显然,他没发觉我已走进来。躁动的心跳逐渐平复,我还滋生了一丝恶趣味:我暗中窥视,他却浑然不知。

我无法想象于贝尔会出现在林荫大道[1]以外的露台上。他

1　巴黎右岸的漫步大道。从 19 世纪起便是巴黎最繁华的街区。

在这一带做什么？他不可能无的放矢。我已结账，只要静待发展即可。若有必要，我随时可以抽身。

他看了下表，分明是在等人。我似乎已预感到那个即将悄然越过一张张餐桌、落座在他身边的人会是谁。因此，当我看到热娜维耶芙的丈夫从出租车上下来的时候，还有些失望。阿尔弗雷德戴着平顶草帽，这个已逾不惑的小男人大腹便便，妻子不在身边，他看起来重拾了容光。可是他的西装过于鲜亮，皮鞋过于艳黄。这种外省人特有的考究同于贝尔低调内敛的穿搭形成了鲜明对比。伊莎曾说，于贝尔"穿得一看就是封多黛热家的人"。

阿尔弗雷德摘下帽子，擦了擦油光锃亮的额头。刚上来的开胃酒，被他一口气喝个精光。他的内兄早已起身，正看着手表。我打算跟着。他们很可能乘坐出租车，我也准备搭车尾随，想要达成属实不易。说到底，能在这里偶遇已经够幸运了。待他们走上人行道后，我也起身离开。可他们谁都没有扬手招车，而是穿过了广场。他们边聊边走向圣日尔曼德佩。多么激动人心的惊喜啊！他们走进了教堂。就算警察看到自投罗网的窃贼时，也不会比我更雀跃了。那一刻，我激动得差点喘不过气。我慎之又慎，他们有可能回头，虽然我儿子有近视，我女婿却视力极佳。我心急如焚，可还是在人行道上缓了两分钟才跨入了教堂门廊。

刚过正午,我小心翼翼地踏进教堂中殿,里面几乎没什么人。我差点以为我要找的人并不在这里,脑海中闪过一个念头:他们或许发现我了,走进这里只是为了混淆视听,他们已从侧殿的偏门溜走了。我原路折回,来到教堂右方的侧殿,把身体掩在巨型石柱的后面。在半圆形后殿中最幽暗的地方,我看到了逆光而坐的三个人。于贝尔与阿尔弗雷德坐在椅子上,将第三个人围在中间,这人谦卑地佝着背。我一点都不诧异他会出现在这里。这就是刚才我预感会出现在我婚生子桌边的人,我的另一个儿子,那个可怜的窝囊废罗贝尔。

我早料到他会背叛我,但出于疲倦与怠懒,并未深想。初次会面,我就知道他是个软弱的人,一个被奴役的胆小鬼;而他的母亲,由于早年官司的缠磨,定会提议他与我的家人和解,并且尽量高价卖出这个秘密。我盯着这个蠢货的颈背:他被两个大资本家牢牢桎梏着,一位是阿尔弗雷德,人称老好人(他目光短浅,只看得到眼前利益,但也受益于此);另一位就是我那好儿子于贝尔,他野心勃勃,身上还有一股承袭自我的专横跋扈。对此,罗贝尔根本无力招架。我躲在柱子后面观察他们,如同看着一场蜘蛛诱捕苍蝇的好戏,其实心里早就打算将他们一网打尽了。罗贝尔的脑袋越压越低。想必,他已跟他们提议"双方平分……",还觉得自己是强势的一方。这个蠢货不知道的是,一旦让对手摸清虚实,便只能任人宰割、坐以待毙了。而我,见证了这场困斗,也只有我知道它既徒劳又无用。我就像天神一般,只消挥一挥神力无边的手,便可以捏死这些弱小的蜉蝣;踱一踱脚跟,便能踩死这团乱窜的蝰蛇。我笑了。

不过十分钟的工夫,罗贝尔已经一句话都说不出来。于贝尔口若悬河,或许是在发号施令吧,罗贝尔则时不时微微颔首表示赞同,那被降服的肩背也越发弯曲。阿尔弗雷德则把蒲草椅当成了扶手椅,直接瘫倒在上面,他的右脚搁在左腿的膝盖上,不停晃荡着。他后仰着头,从我的角度正好能看到他倒转的脑袋,他肥硕而蜡黄的脸上压着黑沉沉的胡须,一副怡然自得的模样。

他们终于起身。我东躲西藏地跟着他们。他们走得很慢,罗贝尔耷拉着头,站在中间,就像被人安上了镣铐一样。那双粗胖而发红的手,背在身后,揉搓着一顶脏污褪色的灰色软帽。我本以为再没有什么事能令我震惊了。可我错了:就在阿尔弗雷德和罗贝尔走到门口的时候,于贝尔把手浸入了圣水池,接着面朝主祭坛,画了一个大十字。

现在,我没什么可急的了,大可以优游不迫。还跟着他们做什么呢？我知道今晚或明日，罗贝尔必定会来催我落实计划。我该如何应对？还有时间可以想想。我开始感到疲惫，于是坐了下来，倏忽间，脑海中又闪过于贝尔看似虔诚的那个举动，一时怒火中烧，再也顾不上其他了。一个少女把装有帽子的纸盒放在身侧，跪拜在我前排的座位之下。她穿着朴素无华，容貌平平无奇，我只能看见一张侧脸，她颈项微曲，目光定定地落在主祭坛的那扇小小的门上。刚才，于贝尔履行完家庭义务后，也曾朝着这里庄严地致敬。少女一动不动，脸上浅浅地笑着。而后，又进来两个神学院修士。其中一位身形高挑瘦削，令我想起阿尔杜安神甫；另一位身材矮小，长着一张娃娃脸。他们并排向前鞠躬，同样纹丝不动。我看向他们所看的地方，试图找寻他们所见。"这里空空如也，"我对自己说，"只有一片静谧与沁凉，以及古老的石头在暗影中散逸的气味。"这个制帽少女再次吸引了我的注意。她闭上了双眼，羽扇似的睫毛挂在眼睑上，让我想起玛丽临终的模样。我发现，那个流动着善意的陌生之地，似乎触手可及，又仿若隔着万千山海。伊莎经常对我说："你只看得到恶……在你眼里遍地生恶……"确实如此，但也不尽然。

16

我喜形于色，自在地吃着午饭，沉浸于一种久违的畅快中。罗贝尔的背叛好似对我并未造成什么影响，不但没有搅扰我的计划，恰恰相反，似乎还颇有助益。我暗自思忖，到了这个年纪，多年来一直吊着这条命，就算喜怒无常也无须特意寻求解释：一定是出于身体机能的缘故。普罗米修斯的神话告诉我们，世间所有的愁苦都源于肝脏[1]。然而，谁敢直面这个质朴的真相呢？我并无不适，有滋有味地享用这份带血的烤肉，也很庆幸这道菜足够丰盛，不用花钱再点其他菜了。最后，我还

---

[1] 希腊神话中，宙斯为了惩罚普罗米修斯的盗火罪，每日派恶鹰啄食其肝脏，但他的肝脏每夜又会重新长回来。

吃了点物美价廉的奶酪作为饭后甜点。

我该以怎样的姿态来面对罗贝尔呢？得换种策略了。但我无法集中精力思考这些事。况且，何必被计划缚住呢？不若相信直觉。我想跟猫一样逗弄这只可悲的老鼠，却不敢正视这份以此取乐的心思。罗贝尔绝想不到我已对他们的阴谋了如指掌……残忍吗？是的，我的确如此。但我并不比别人残忍，只是和其他人一样残忍罢了，像孩童一样，像女人一样，像所有（我想起在圣日尔曼德佩遇见的那个制帽少女）……像所有不信奉羔羊[1]的人一样……

我搭乘出租车回到布雷亚路，躺到了床上。住在这栋家庭公寓里的大学生都去度假了，如水的安宁让我得以休憩。玻璃门上盖着半块脏污的窗幔，让房间没有任何私密可言。亨利二世风格的床榻上有几处木质线脚已经脱落，这些碎片被小心地收在一个鎏金的铜质托盘里，摆在壁炉上作装饰。闪耀着波纹的壁纸上覆着一片片污迹。奢华的床头柜上嵌着红色的大理石面板，即便开着窗，它散发的异味仍然充斥着整个房间。桌上铺着一块暗沉的芥黄色毯子。这一切仿佛是人类的自负与丑陋的缩影，让我兴致盎然。

---

[1] 这里指耶稣。他为世人牺牲，如同替罪的羔羊，承担了世人的罪孽。

裙裾摩擦的声响把我吵醒了。罗贝尔的母亲站在床头，最先映入眼帘的是她的笑容。就算事先一无所知，她这副阿谀的姿态也足以令我生疑了——提醒我可能遭受了背叛。举止殷勤恰好能印证背叛。我也对她笑了，还说自己好多了。二十年前，她的鼻子还没那么肥硕。当年的她齿如含贝，罗贝尔也继承了这一优点。而如今，她的笑容绽放于一大排假牙之上。想必是匆匆赶来的，她身上的酸臭甚至盖过了床头柜上红色大理石的气味。我请她把窗开得大一些。她照做后，回到我身边，仍冲着我笑。既然我的身体已经好转，她便提醒道，罗贝尔可以随我调遣，协助我完成"那件事"。恰好明天是周六，他午后就有空。我告诉她，周六下午银行不营业。她便顺势自作主张说，周一上午他可以请假，这事不难办。况且，他现在也不怕得罪老板了。

当我提出让罗贝尔留在那里再干几周的时候，她很诧异。道别时，她说明天会带儿子来看我。我提出要他单独前来，说想同他聊一聊，以便加深了解……这个可悲的傻子难掩惊慌之色，可能是怕儿子会露馅儿吧。但我的语气那样坚决，无人敢拂逆。毋庸置疑，正是她怂恿了罗贝尔与我的孩子沆瀣一气。我很了解罗贝尔那个胆小鬼，他做完抉择后，必定担心已落入泥淖而整日惶惶不安。

第二日一早，这个可怜虫走了进来。只一眼，我就断定自己低估了他的境遇。他看起来一夜无眠，眼皮耷拉，眼神闪躲。我让他坐下来，关怀了他糟糕的气色，语态之亲厚，几近怜惜。我用大律师的雄辩之才，向他描绘了即将展开的美好蓝图。我说起将在圣日尔曼以他之名购置的宅邸与十公顷的院落。房屋的陈设十分古典，带有鱼塘和一个可以容纳四辆汽车的车库。还有许多其他配置，我思绪纷飞，想到什么就加什么。当我提到汽车，并向他推荐了几个美国大牌时，他仿若一个濒死之人。显然，他应是保证过在我生前分文不取。

"没什么可担心的，"我说，"购车凭证由您来签。我还存着一部分债券，能确保让您拿到十万法郎的年金，周一就交给您。有了这些，您的日子就有盼头了。大部分现金都在阿姆斯特丹。我们可以下周去那儿旅行，以便处理一切后续事宜……罗贝尔，您是怎么了？"

他支支吾吾："不，先生，不用……您生前用不着做任何事……我不乐意这样……我不想靠您敛财。别坚持，我会于心不安的。"

他靠着衣柜，左手的手肘垫在右手上，咬着指甲。我逼视着他，这双眼睛在法院时曾令敌人胆寒。当我还是原告律师时，就是用这双眼死死盯着被告席上的嫌疑人，直到他无以为继，瘫倒在宪兵身旁为止。

其实，我已宽恕了他，甚至还感到解脱。若是余下的日子要和这个胆小鬼一起生活，也着实可怕。我并不恨他，他已成了一颗弃子，我不会害他，可还是忍不住逗一逗他。

"罗贝尔，您可真是高尚啊！想等我死后再说确实不错，但我不接受您的牺牲。周一起，什么都是您的了。到周末时，我的大部分财产都将归于您名下……"他似乎想要反驳，我森冷地说道，"要么收下，要么就都别要了。"

他避开我的目光，求我再让他考虑几天。他是需要时间写信到波尔多去请示吧，这个蠢货！

"罗贝尔，实话说了吧，我有些诧异。您的神态不太自然。"

我以为眸光已被我收敛得足够软和，可在旁人看来还是比我以为的要冷冽得多。罗贝尔木然地嘀咕："您为什么这样盯着我？"我不由得模仿起他的语调，重复道："我为什么这样盯着你？那你呢？你为什么不敢看我？"

习惯被人偏爱的人，任何言行，都会本能地让人心生欢喜。而我，习惯被人憎恨、被人惧怕，以致我的瞳孔、我的眉眼、我的声音、我的笑貌都在乖顺地助力这份令人胆寒的天赋，它们先于我的意愿而生。因此，纵然我有心善待，但在我的目光下，这可怜的小子依旧忐忑。我越笑，他越能在这份绚烂的喜色中品出阴森的意味。就像为了给野兽奉上致命一击那般，我陡然问道：

"那些人，他们答应给你多少钱？"

无论我的主观意愿为何，这番以"你"相称，展露出来的都是轻蔑，而非亲近。

"什么'那些人'？"他支吾其词，被吓得魂飞魄散，像见了鬼似的。

"那两位先生，"我对他说，"一胖一瘦……没错！一个瘦子，一个胖子！"

我想尽快了结。再这么演下去，我都觉得恶心（就像人们不敢一脚踩死蜈蚣一样）。

"放宽心，"我最终对他说道，"我原谅您了。"

"不是我想这样的……而是……"

因为无法忍受他把责任推给母亲，我伸手阻止了他的下一句话。

"嘘！别怪任何人……那就猜猜吧，他们给了您多少钱？一百万？五十万？也没有？不可能吧！三十万？二十万？"

他摇了摇头，一脸凄苦。

"不，是一笔定期收取的年金。"他低声说，"就是这样才把我们说动了。更保险些。每年能拿到一万两千法郎。"

"从今天起？"

"不，从他们拿到遗产起……可他们没料到您会这么快把所有财产转到我名下……现在是不是太迟了？……他们定会起诉我们的……除非瞒着他们……我真蠢啊！真是自食其果……"

他坐在床上，哭得涕泗横流。垂落下来的一只手，肥大而红肿。

"怎么说我都是您儿子，"他呜咽着，"别不管我。"

他试图搂住我的脖子，但动作笨拙。我轻轻躲开，走向了窗口，背对着他直接说道：

"从 8 月 1 日起，您每个月都能拿到一千五百法郎。我会即刻着手办理此事，确保您终身都能享受这份权益。必要时，它也可以转移到您母亲名下。如此一来，我的家人自然就不该知道我已戳破你们在圣日尔曼德佩的阴谋（听到教堂的名字，他吓了一跳）。不用我多说了吧，哪怕只走漏了一丁点儿的风声，您也将失去一切。不但如此，他们一有风吹草动，您还得随时知会我。"

他已知道任何事都逃不过我的法眼，也清楚再度背叛我的代价。我还让他明白了，我并不想再见到他们，不管是他，还是他母亲。有事可以给我写信，就寄到之前的邮局，寄"留局自取"的信即可。

"您在圣日尔曼德佩的那俩同伙，他们什么时候离开巴黎？"

他表示，他们前一天就坐夜车走了。他还想装模作样地对我感恩与许诺，但立刻被我打断了。或许，他还惊魂未定吧：他背叛了一位喜怒无常又深不可测的天神——抓起了他，又丢开了他，复又重新拾起……他闭上双眼，束手就擒，卑躬屈节，俯首帖耳。他匍匐在地，捡走了我抛下的骨头。

出门的那一刻，他理智回笼，问我他要怎么拿到这笔钱，以什么渠道获取这笔收益。

"您会收到的，"我的语气冷冽，"我一向言而有信。余下的事您就别管了。"

他的手搁在插销上，踌躇不前：

"我期望是一份人寿保险，在一家靠谱的保险公司，以类似终身年金险的方式来获取……这样更安心些，我也不会担忧了……"

我霍然冲过去打开了本就微敞的房门，把他推到了走廊上。

17

我贴着壁炉,百无聊赖地数着托盘里那些上漆的木屑。

多年来,我一直幻想着这个素未谋面的儿子。我一生凄凉,却从未遗忘过他的存在。我知道在这世上还有一个我的孩子,找到他或许便能稍稍熨烫我的心绪。也许他家境清寒,但这反而能让我们更为贴近。一想到他必定与我的婚生子有着天壤之别,我的心便一片柔软。我还把"单纯"与"赤诚"这两项世间并不罕见的品质赋予了他。他是我最后的底牌。若是出完这张牌,我便再没有后招了,只能缩作一团,转身面壁。四十年了,我以为早已与仇恨共生,无论是憎恶他人还是遭人记恨,我皆已坦然接受。没想到,我还是和其他人一样,心里仍存着希望。正是这希望在我食不果腹时勉力支撑着我,直到不得不动用最后的储备。现在，一切都结束了。

面对这群包藏祸心的人，我连剥夺其继承权——这种恶趣味的谋划也不会再有了。罗贝尔已打草惊蛇，他们最后还是会发现我的保险箱，就算不在我名下的那些也难幸免。再想想别的法子？要是我还能活得久些该多好，还有时间可以将其挥霍一空。待到死亡来临之时……他们连一场寒酸的葬礼都负担不起。可我精打细算了一辈子，日久年深，也只心系于存钱这档事，到了如今这把年纪，如何学得了挥金如土的做派呢？况且，孩子们还盯着我。任何的风吹草动，落入他们手中，都可能成为一把利器。我唯有暗中行事，一点点地耗尽家财。

唉！我根本不会败家！也从未亏过钱财！若是我能将它们带入坟墓就好了，就这样紧紧抱着这堆黄金、纸币与证券一起归于尘土，该有多好？若是我能就此打破"生不带来，死不带去"的说辞，该有多好？

还有那些慈善机构。慈善事业是个极易倾尽钱财的地方。我可以匿名给济贫所和安老会捐款。我的目光不用总投向我的仇敌，临了，也可以把注意力转移到别处吧？然而，衰老的可怕之处在于它是一生的总和，这个数量无法增减。我花了六十年的时间才酝酿出一个怨气冲天的老人。我已然成了这样一个人，却硬要变成另外的模样。上帝啊……但愿您真的存在！

薄暮时分，有个女孩进来为我铺床。她没关百叶窗。我静卧于暗影中，街道的市声与斑驳的光影都未曾搅扰我的睡意。我如同一个旅人，坐在行驶的列车里，只在中途靠站时短暂地清醒一阵，接着便再次昏睡。我虽未察觉病势加剧，但也知道不过是堪堪维持罢了，唯有静待一睡不醒的那一天。

我还得处理答应给到罗贝尔的年金，然后亲自把邮局"待取"的信件取回来，现在没人替我跑腿了。我已有三天没查阅信件。每个人都有对未知信件的期待，它犹如希望一样，燎原之火都无法将其吹灭，它在春风中又会重新萌芽。

因为挂心信件，第二天临近中午时，我便起床去往邮局。下雨了，我并未带伞，于是靠着墙边走。我的行为让好事之人纷纷侧目，我很想对他们大喊："有什么好奇怪的？你们以为我精神错乱了不成？千万别这么说，孩子们会借题发挥的。别这样看我，我就是个普通人。只不过我的孩子都恨我，为了自卫，我只得反击，但我并不是疯了。心绞之症让我必须服药缓解，这些药物有时会对我产生影响。我总是自言自语，因为只有孤独一人，但人总是需要交流的。一个孑然之人的言行，有什么好奇怪的？"

我收取了包裹，里面有些印刷品、几封银行的信和三封电报。可能会有一份执行失败的证券委托书吧。我打算找家小餐馆坐一坐，再打开查看。几张长桌边围坐着好些个泥瓦工，这些小人物有老有少，正慢条斯理地吃着勉强入口的简餐，喝着扎啤，几乎没有交谈。他们晨起便冒雨劳作了，下午一点半还得接着干。时值7月底，火车站人头攒动……他们能懂我的苦闷吗？大概吧！作为一个老律师怎么可能没经历过这种事呢？我辩护的头一个案子就涉及几个孩子因不想赡养父母而龃龉。这个悲惨的老头每三个月就要换地方住，处处受人白眼。他和儿子都高声呼喊着死神的到来，希冀死亡能救他们于水火。类似的悲剧，我在佃农身上见识了无数次：很长时间里，老人都不愿交出家产，但在孩子的诱哄下还是缴械投降了，最后这些孩子却任由他在饥饱劳役中死去。是的，离我两步之遥那个枯瘦的泥瓦工，那个用外露的牙龈慢吞吞地啃着面包的老人，他应该对此并不陌生。

今天，一个体面的老头走进小餐馆，无人觉着怪异。我拆着一块白兔肉，望着雨滴敲打着玻璃窗，辨认其上反写的店名。在我寻摸手帕的时候，恰好碰到了那堆信件。我戴上眼镜，顺手打开一封电报：

"明日，母葬礼，7月23日，九时，圣路易教堂。"

发出时间是今天早上。剩下的两封都是前天发出的，间隔不过几个小时。一封写着：

"母病甚笃，望归。"

另一封写着：

"母丧。"

三封电报都发自于贝尔。

我把电报揉作一团，继续进食。令我挂心的是，还得强打起精神去赶夜车。有好几分钟，我的脑海里充斥的唯有这个信息。接着，另一种情绪向我涌来：那是一种伊莎竟先于我而死的惊骇。将死之人原本是我。不管是我，还是其他任何人，都默认我会是先死的那个人。一切的盘算、诡计与阴谋，都只有待我一死才能逐渐昭彰。我与我的家人一样，对这一点深信不疑。念及妻子，总有一个影像在我心中盘桓，我确信：她将成为我的未亡人，一个因戴孝在身而局促地打开保险箱的人。哪怕星辰零落也难以比拟这个死讯给我带来的冲击，我惊慌失措、心乱如麻。尽管如此，商人的本能仍让我忍不住审度局势，思量着对付敌人的策略。这便是火车发动的时候，我的所思所想。

随后，我的思绪开始翻涌。我想象着昨天与前天，伊莎躺在床上的模样，我的脑海中首次浮现这样的场景。我幻想着卡莱斯卧房的陈设（当时我还不知道她是在波尔多去世的），低语道："已经入殓……"我因不用直面而感到一丝庆幸，这种

- 174 -

软弱的情绪几乎将我淹没。要是还没入殓,我该作何反应呢?当孩子们用满怀敌意的目光紧紧盯着我时,我该如何应对呢?若已入殓,便不会有问题了。至于别的情况,只要一回到家我就直接一病不起,所有问题自会迎刃而解。我不认为自己还能参加葬礼:刚才,我奋力想去厕所都没办到。这样的苟延残喘,也并不令我畏惧。伊莎走了,我不再惦念我的死期,我的大限已然推后。但我担心发病,特别是我正独自待在火车包厢里。有人会来车站接我(我发了电报),也许是于贝尔吧……

不,来的并不是他。当我看到阿尔弗雷德因失眠而浮肿变样的脸庞时,心头大石才落了下来。他甫一见我,还有些慌张。若非搀着他的胳膊,我根本无法登上汽车。在这个落雨的清晨,汽车行驶在波尔多凄怆的街道,穿过了一个遍布屠宰场和学校的街区。我无须多言,阿尔弗雷德便已和盘托出。他详细描绘了伊莎在公园栽倒的具体位置,就在棕榈树前,靠近温室的地方;也绘声绘色地讲述了将她运往药房、将她笨重的身体抬上二楼房间的艰辛;还有放血及穿刺……在遭遇脑溢血的情况下,她还整夜清醒着,其间一再示意,恳求他们把我叫来。司铎捧来圣油的那刻,她便一睡不醒了(前一天,她刚领过圣体……)。

阿尔弗雷德担心赶不上葬礼,打算把我放在门口,再抓紧把车开到前面去换衣服。但他还是很好心地将我扶下了车,搀着我登上了前几级台阶。家门口挂着黑色的布幔,门廊处早已面目全非。在幽暗的四壁之间,几支大蜡烛簇拥着一堆鲜花,舒卷着炽焰。我眯了眯眼,这种陌生令我茫然,恍若置身梦境一般。两个修女一动不动,她们是与其他丧葬物品一道送过来的。穿过层层布幔、鲜花与烛火之地,走上铺着古旧地毯的楼梯,沿着这条熟悉的路向上攀登,才能找到这栋屋子素日的模样。

于贝尔下了楼。他穿着得体的丧葬礼服,把手递向了我,对我说了些什么。但他的声音是那么遥远!我嚅动着双唇,却一个字也吐不出来。他的脸向我凑过来,在视线中越变越大,接着我便失去了意识。后来我才知道那日的昏迷还不到三分钟。醒来后,我发现自己待在一个小房间里,这里是我以前执业期间的接待室。嗅盐刺激着鼻黏膜,我听见了热娜维耶芙的声音:"他醒了……"我睁开眼睛,瞧见大家都俯身盯着我。他们的面孔仿佛变得陌生而扭曲:烫红的、贪婪的,还有几张是青绿的。雅妮娜比她母亲还要健壮,两人看上去就像同龄人一般。于贝尔的脸上挂满交错的泪痕,看起来就如幼时一般憨态可人,彼时伊莎会把他抱到腿上,哄道:"我的小可爱,这回是真伤心了呀……"只有菲力看向我时，俏脸上写满漠然与腻烦。他在巴黎和柏林的夜店厮混时，穿的也是身上这套礼服，连领带都没系好，整个人衣冠不整，如梦如醉。看这架势，就算说他正要去个舞会或刚从舞会赶来也不为过。在他身后，还有一群戴着黑纱的女子，我无法辨清她们的面容，应是奥兰普和她的女儿们。还有一些人隐在明灭的光影中，只有身上的白色胸衬闪着些微的光。

热娜维耶芙将一个杯子递到我嘴边。我喝了几口，告诉她我好多了。她用一种温柔和煦的声音询问我是否想要立即躺下，我下意识地道出了清醒后的第一句话：

"我多么想陪着她一起走到最后啊，结果却连道别都没能做到。"

我像个雕琢语调的演员，一遍遍重复着："结果却连道别都没能做到。"这样的陈词滥调，原意是挽回颜面；这样的话语，本是为了契合丧葬场合的角色需要。可不知为何，这句话所表达的含义却猛然撕开了我情绪的缺口。电光石火间，我意识到了一件之前从未在意过的事：我再也见不到我的妻子了，我们之间再无冰释的可能，她再也读不到这些文字了，所有的往事都将尘封在我离开卡莱斯的那一天。我们再无可能重新开始，再无机会破镜重圆。她还未及了解我，就这样死了。她还不知除了魔鬼与刽子手，我还有另外的面孔。即便我只能在最后一刻赶到，即便我们已无法言语，至少她还能看到我此刻老泪纵横的模样，至少她能望见我绝望的面容，再离开这个尘世。

一旁的孩子们，看着这一幕，一个个都惊得说不出话来，或许是因为在他们一生中从未见过我痛哭的模样吧。这张怨愤又骇人的老脸，这颗无人敢对视的美杜莎的头颅，悄然变化了面目，变成一个彻彻底底的"人"的模样。我听见有人说（大概是雅妮娜吧）：

"要是您没走就好了……您为什么要离开呢？"

没错，我为何要离开呢？可难道我走了就不能及时赶回来了吗？要是这些信不是"留局自取"，而是直接寄到布雷亚路……这时，于贝尔出其不意地加了一句：

"出门也不留个地址……我们哪猜得到……"

刹那间，那个恍惚的念头霍然清晰了起来。我用两只手撑着躺椅的扶手，站了起来，全身因翻腾的怒意而颤抖不止，我冲他喊道：

"骗子！"

他咕哝道："爸爸，你疯了不成？"

我又说了一遍："没错，你们都在撒谎，你们明明知道我的地址。今天当着我的面，你们真敢说自己什么也不知道吗？"

于贝尔心虚地反驳："我们哪能知道呀？"

"你从没联系过我身边的人？你有种否认吗？你大可以试试看！"

全家人都愣住了，肃然无声地望着我。于贝尔像一个被逮住撒谎的孩子一样，无措地摇着头。

"况且，逼他叛变你们也没付出多少代价。孩子，你们还是不够大方呀。给这小子一万两千法郎年金就换回了遗产，这算盘打得太妙了。"

我笑了起来，笑到咳嗽不止。孩子们都滞涩得说不出话来。菲力阴阳怪气地嘀咕："太缺德了……"于贝尔眼里写满哀求，似乎还想说些什么，被我沉声打断了：

"是因为你们，我才没见上她最后一面。你们明明对我的行踪了如指掌，却不敢让我有所怀疑。电报若是发到布雷亚路，我就会发觉已被出卖。在这世上，没人能让你们甘冒此险，就算是你们的母亲在弥留之际的声声哀求也无法让你们心软半分。当然了，你们还是悲恸的，但也没到丧失理智的地步……"

除此以外，我还说了许多更为残忍狠绝的话。于贝尔乞求

自己的妹妹:"让他别说了!别让他说了!会被人听见的……"他的声音期期艾艾。热娜维耶芙搂着我的肩膀,让我坐下:

"爸爸,现在说这些不合适。我们先冷静一下,回头再说吧。求求你了,看在母亲的分儿上,她还躺在那里……"

于贝尔脸色苍白,竖着一根手指贴在唇边。正在这时,司仪拿着一份送葬扶灵人员的名单走了进来。我向前迈了几步,想一个人走一走。在我踉跄前行的路上,家人们自动让出了一条路。我跨入烛火熠熠的灵堂,倒在了跪凳上。

于贝尔和热娜维耶芙迎了上来,一人架起我的一条胳膊。我跟着他们走了,听凭他们摆布。上楼十分吃力。一位修女答应了在葬礼期间会照看我。离开前,于贝尔假装先前无事发生一般,询问我邀请律师公会的会长一起送葬是否妥当。我扭头望向滚淌着雨珠的窗,并未回答。

耳畔传来络绎不绝的脚步声。全城的人都来吊唁了。封多黛热家族那边,哪个不跟我们沾亲带故?而我这边,也涉足律师圈、金融圈和商业圈……就像一个刚自证了清白而获得无罪开释的人,我感到一丝平和。我逼着自己的孩子承认了谎言,而他们也并未推卸责任。整座宅子闹哄哄的,就像在举行一场没有音乐的古怪舞会。我逼迫自己聚焦于他们的罪行:正是因为他们,我跟伊莎没能见上最后一面,我们错过了最后的道别……当我像鞭笞驽马一样驱策着我的旧恨之时，却发现它并未如约而至。不知是因为生理上的放松，还是因为最后那番话拿捏了他们，让我产生了心理上的满足，我发觉自己变得恬淡了。

那些唱诵的哀歌并未传入我耳中。嚣杂的送葬队伍逐渐远离，空寂的房子浸润于卡莱斯深邃的静寂之中。所有人都陪着伊莎离开了，她的遗体后面跟着长长的队伍。除了我，家里只有一个修女，她在棺椁前就开始念诵的《玫瑰经》，此刻在我床前终于念完。

一片沉寂中，永恒的诀别与一去不返的感念，让我再次伤情起来。我的胸口既胀又涩。我与她之间早已覆水难收，现在说什么都晚了。为了平复呼吸，我靠着枕头，坐在床上。房间里摆着许多路易十三风格的家具，是我们订婚时去巴尔迪家具店挑选的。这些物件一直是伊莎在使用，直到后来她继承了一部分她母亲的家具。还有我身下的这张床榻，这张悲情的床榻承载过我们的沉默与怨怼……

于贝尔与热娜维耶芙走了进来。其他人候在走廊上，我知道他们不习惯见我流泪的模样。兄妹二人站在我的床前：哥哥，正午却穿着晚礼服，看着十分怪异；妹妹，全身都裹着黑色的织物，明晃晃地拿着一方白手帕，面纱下露出的圆脸显得苍白而浮肿。悲恸让我们卸下了面具，却再也认不出彼此。

他们关怀了我的身体。热娜维耶芙说道：

"几乎所有人都跟去了墓地，她深受爱戴。"

我向她了解了伊莎倒下之前几天的情况。

"她一直不太舒服……可能早有预感吧。去波尔多的前一天，她窝在卧室里，烧了一大堆的信件。我们还以为壁炉什么时候生了火呢……"

我打断了她。一个念头油然而生……为何我从未想过呢？

"热娜维耶芙，你是否觉得这与我离开有关？"

她欣然回答了我："可能对她来说，是个打击吧……"

"你们没告诉她……你们没把自己发现的事告诉她吧……"

她用眼神向兄长求助：她该不该表现出听懂了这句话呢？这一刻，我的面容应是十分乖僻，不然他们也不会那样惊惧。当热娜维耶芙扶我起来时，于贝尔急忙表示，他们的母亲是在我离开十多天以后病倒的，在此期间，他们让她远离了这些不愉快的讨论。他说了实话吗？接着，他用颤抖的声音继续道：

"再说，若是我们没忍住跟她说了这些事，就真的罪加一等了……"

他稍稍背过身去，我望见了他颤抖的双肩。有人微微推开房门，询问是否可以开饭。我听见了菲力的声音："有什么办法呢！又不是我的错，我只是饿了……"热娜维耶芙泪眼婆娑地问我想吃什么。于贝尔说饭后再来看我，若我还有精力，咱们可以一次性解释清楚。我答应了。

他们离开后，修女把我扶了起来。我洗了澡，穿戴整齐，喝了一碗汤。我不希望自己病恹恹地奔赴战场，甚至还要受到敌人的迁就和保护。

当他们回来的时候，发现我与先前那个惹人同情的老头已判若两人。我服了缓解药物，端坐在那里。就像每次下床时一样，我感觉胸口没那么闷了。

于贝尔换了套休闲西装，热娜维耶芙则因为没有黑色的衣服可穿，裹了件她母亲生前的旧睡袍。他们坐在我对面，先是寒暄了几句。

"我考虑了许久……"于贝尔开腔了。

他的这番演说可谓千锤百炼，就像在给股东大会汇报似的，雕章琢句，也极力避免了任何可能引发战火的言辞。

"在母亲的床头，我已反躬自省。我也曾站在你的立场换位思考，作为父亲的你却总想剥夺孩子的继承权。在我们眼里你就是这样一个人。因此我认为，我们之前的那些行为也在情理之中，至少是情有可原。然而，在无情的刀光之中，我们早已被你打得溃不成军，在……"

他斟酌着用词。我不动声色地接下了话茬："在羸弱的阴谋之下。"

他的双颊涨得通红，热娜维耶芙驳斥道："怎么能是'羸弱'呢？你可比我们强横多了。"

"得了吧！一个气息奄奄的老头对抗你们这群风华正茂的人……"

"一个气息奄奄的老头……"于贝尔接口道，"在我们这个家里，他坐拥得天独厚的地利。足不出户也能窥间伺隙，只需观察家人的习惯并善加利用即可。他独自一人便能筹谋定策，还聊作消遣。他洞若观火，别人却对他一无所知。他还对各个监听点了如指掌……"

我忍俊不禁，他们也跟着笑了。

"没错。"于贝尔继续道，"一家人总有疏忽的时候，说到兴头上，难免控制不住音量，最后还会情不自禁地吼起来。我们过于依赖这栋老宅的厚墙了，忘记了地板很薄，窗户也是敞着的……"

这些暗示的话语让我们之间的氛围缓和下来。于贝尔是最先正色的。

"我承认，在你眼里，我们确实有罪。对我来说，再次用正当防卫来自辩也并非难事。可我丝毫不愿再闹得鸡犬不宁了。我也不想再计较在这场惨痛的硝烟里谁才是罪魁祸首。我甚至愿意自认有罪。但是,你要知道……"

他站了起来,擦拭着镜片。在他镌刻沧桑而凹陷的面颊上,一双眼睛明灭闪烁。

"你要知道我是为了体面,为了孩子们的生活才来抗争的。你无法想象我们的境遇。你是上个世纪的人,在那个超凡的年代,谨慎的人只要投资些有确定价值的东西便能飞黄腾达。我很清楚你在逆境中也是个超群绝伦的人,你比所有人都要先知先觉,还在最好的时段抛售了……然而,你是因为置身事外,你已不在局中!正因如此,你才能做到冷眼旁观,运筹帷幄。不像我入戏太深,临了……才恍然大悟……此时已是进退维谷……这是我第一次有了大厦将倾之感,风雨就要来了,但我们无所依仗,也无可挽回了,全都完了……"

他是如此惶悚,如此不安,一遍遍地重复着:"全都完了……都完了。"他到底入戏多深?是面临怎样的深渊才让他挣扎至此呢?他担心对我交了底,便又恢复了镇定,唠叨了一堆流口常谈:战后设备投资更为密集,生产过剩,消费降级……全是无关紧要的话。我在意的是他的惊惶。这一刻,我发觉自己的恨意已然逝去,一起逝去的还有那颗复仇的心,或许它早已死去多时。为了滋养怨愤，我的身上已千疮百孔。然而，无视真相还有何意义呢？面对儿子，我生出了一股怅恍的情思，一股奇异的在意将我主宰：这个忐忑的可怜虫，终日提心吊胆，我一句话便能解决他的苦恼……这一切都让我惊异！我想起了我的财富，它曾是我生命的全部。我曾费尽心机地想要赠予他人，想要挥霍殆尽，甚至无法随心所欲地支配它。刹那间，我对它的执念竟烟消云散了，我对它没了兴趣，它与我已毫无干系。此刻，于贝尔正透过眼镜，无声地观察我：我是否又有了新的算计？是否又要对他实施打击报复？他的嘴角挂着一丝苦笑，挺起胸膛，半抬着双手，就像自我防御的孩童一样，怯懦地说道：

"我只求你能救我脱困。有了妈妈留下的那份遗产，我还需要（在抛出数字之前，他犹疑了一瞬）一百万。只要清偿了债务，我就能活过来了。其他的钱，随你处置。我保证尊重你的意愿……"

他欲言又止，偷偷打量着我。但我依旧未动声色。

"女儿，那你呢？"说着，我转向了热娜维耶芙，"你的情况不坏吧？你的丈夫是个聪明人……"

别人对她丈夫的溢美之词总能激怒她。她表示，阿尔弗雷德已有两年没买入朗姆酒了，自然没有机会行差踏错！他们应是不愁吃穿了，但菲力那头一直在威胁妻子，说是遗产一事一旦泡汤，他就会把她甩了。

"那不是好事嘛！"我低声说了一句。

她激动地继续说着："没错，他是个无赖。我们知道，雅妮娜也知道……可他若是弃她而去，她还是活不了。是真的，她肯定活不成的。父亲，你可能理解不了，也无法感同身受。雅妮娜比咱们更了解菲力。她常说，菲力比我们想象的更为卑劣。尽管如此，要是离了他，她还是活不下去。你可能会觉着荒唐。这些事在你身上绝不会发生。但像你这样聪明的人，虽然感受不到，应该也可以理解。"

"爸爸听烦了，热娜维耶芙。"

于贝尔认为她伤了我的自尊，这个妹妹实在迟钝，还不识时务。他从我脸上看到了不耐的迹象，但不明所以。他不会知道，热娜维耶芙的话重新撕开了我的伤口，还在里面肆意搅弄了一番。我叹息道："菲力可真幸福！"

兄妹二人交换了一个眼色，面露讶异。长久以来，他们确实真心把我当作了半个狂人看待，就算是把我禁闭起来或许依然能心安理得。

"一个恶棍罢了，"于贝尔低声咒骂，"还拿捏了我们。"

"他岳父可比你宽容多了。"我说道，"阿尔弗雷德常说菲力'并非一个无赖'。"

热娜维耶芙火冒三丈：

"他把阿尔弗雷德也制住了。这个女婿把岳父带坏了，坊间都知道。还有人撞见他们和几个女孩一起……实在太丢人了！这也是妈妈生前苦恼过的一桩事……"

热娜维耶芙擦了擦眼泪。于贝尔觉得我是在模糊重点、顾左右而言他。

"现在要说的可不是这些，热娜维耶芙。"于贝尔语带愠怒，"别搞得全世界只有你和你的家人似的。"

热娜维耶芙恼羞成怒，反驳说不知道他俩之间到底谁才是自私的那一个，并补充道：

"大家最先考虑的必然都是自己的孩子。我所做的一切都是为了雅妮娜，并以此为荣，就像妈妈也为我们付出了所有一样。就算要我赴汤蹈火……"

她的兄长打断了她："还得搭上其他人跟你一起赴汤蹈火吧。"他那刻薄的语气让我瞥见了自己的影子。

若放在过去，这样的争吵只会被我当作消遣。我还没在遗产事宜上发力，他们内部便已有了刀光剑影的迹象，眼看山雨欲来，我只会乐见其成。可眼下，我只感到厌烦与倦怠。这个问题今天可以彻底解决了！就让我安安静静地与世长辞吧！

"孩子们，真没想到，"我对他们说，"我平素觉得荒唐至极的事，最后还是轮到了我头上。"

他们放下了干戈，转头看向我，目光沉重而犹疑，满心戒备地等我说下去。

"我总是把那位老佃农的故事引为鉴戒。他生前就被榨干了家财，而他的子女放任他被活活饿死了……要是死期拖得太久，那就给他加几床被子，掩上他的口鼻，直到……"

"爸爸，算我求你……"

他拒绝听下去，那反感的模样并非出于演技。我猝然换了个语调：

"于贝尔，有你忙的了。财产分割绝非易事。我的财物分散在各处，这边、巴黎和国外都有。还有一些田地和房产……"

我每吐出一个字，两人的眼睛便瞪大一圈。他们难以置信。于贝尔细白的手张开又握紧。

"这些事在我生前得处理完毕，你们母亲的财产也会同步进行分割。我只保留卡莱斯的使用权，包含宅子和院落（养护和修缮的费用由你们承担）。至于葡萄园的事，就不用知会我了。公证人每月会给我转入一笔地租，金额待定……把钱包拿给我，没错……就在我上衣左边的口袋里。"

于贝尔用颤抖的手向我递来了钱包。我从里面拿出一个信封。

"从这里大概能看出我的身家。你把这个拿给公证人阿尔甘……不,还是打电话让他过来吧。我亲自交给他,当着你们的面,跟他敲定我的遗嘱。"

于贝尔拿着信封,忐忑地问我:

"你是在跟我们开玩笑吧?对不对?"

"打电话给公证人吧,看看我是不是在开玩笑……"

他匆忙朝门口走去,却半途改变了心意:

"不了,今天不合适……再过一周吧。"

他一只手捂着眼睛,或许是感到羞愧,又或许竭尽全力想把心思转移到母亲身上,翻来覆去地捏着信封。

"好了,"我说,"打开看看吧。我允许了。"

他迅速挪到窗口,扯开封蜡,迫不及待地查阅起来。热娜维耶芙再也忍不住了,她站了起来,越过兄长的肩膀,心急如焚地探着脑袋。

我凝望着这对兄妹,丝毫不觉反感。一个命悬一线的商人,两个为人父母的人,陡然面对这失而复得的数百万财富。不,他们的行为并不令我嫌恶,反而是我的泰然令我心惊。如同一个术后初醒的病人，我对一切都毫不在意，仿佛拔除了根植于灵魂深处的病灶，除了心理上的畅快与生理上的轻松，我一无所感，连呼吸都舒畅多了。这些年来，我费尽心机地挥霍钱财，折腾着怎么送给外人，除此以外还做了什么？我总是弄不懂自己内心的真实渴求。我们不知所求为何，倾注爱意的东西也并非自己的真正所爱。

我听见于贝尔对妹妹说："简直……匪夷所思……这笔财产多到简直匪夷所思。"他们悄声交流了几句。热娜维耶芙表态道，他们不接受我的牺牲，也不想让我一蹶不振。

"牺牲""一蹶不振"这些字眼在我听来是那么怪异。于贝尔坚持道：

"你今天会这么做只是一时冲动。你的身体并没有你想的那么糟，你还不到七十岁呢。类似这种情况，长命百岁的人也不少。过段时间你就会后悔的。若是你愿意的话，我可以替你分担所有俗务。安心留着你的财产吧。我们只希望你能讲点道理，一直以来我们寻求的就是公平而已。"

一阵倦意向我涌来。他们见我闭上了眼睛。我向他们表明了决心，并表示从今往后只有公证人在场，我才会表态。就在他们走到门口的时候，我又叫住了他们，甚至目光都没朝那里放一眼。

"我忘了告诉你们,每个月还要定期给我儿子罗贝尔转入一千五百法郎,这是我跟他承诺过的。咱们签协议的时候,别忘了提醒我这件事。"

于贝尔脸上一红,他没料到还有这么一支冷箭在这里候着他。热娜维耶芙没有品出我的话外之音。她瞪圆了眼睛,飞快算计了一番,说道:

"每年一万八千法郎呢……你不觉得给太多了吗?"

18

　　草场比苍穹还要清澄；大地沁着雨露，雾气升腾；车辙中填满雨水，荡着一汪摇曳的碧落。一切都令我着迷，如同卡莱斯还属于我的那些日子一样。我已一无所有，却并不觉得困顿。在这葡萄收成的季节里，夜雨中隐隐传来果实腐烂的气息，这一幕依然令我惆怅，这份怅然之感并不比我还是这片葡萄园的主人时来得轻微。作为农人和农人之子，数百年来，我的祖先都在焦灼地观问天象，这份对田地的执念是刻在我体内的本能。每月应收的地租，都存在了公证人那里。我什么都不缺。我的一生都困在自己从未真正拥有的迷狂里。如对月狂吠的家犬，我迷醉的不过是一抹幻梦。在六十八岁这一年才终于梦醒！真是置之死地而后生！但愿我还能多活几年，几月也好，几周也罢……

护士走了，我觉得舒服多了。埃梅丽和欧内斯特以前是照顾伊莎的，现在留下来照顾我。他们会打针。吗啡和亚硝酸盐安瓿这些药物我手头一直备着。孩子们很忙，除非遇到需财产估算的情况，他们鲜少离开波尔多……一切都好，没发生太多矛盾。因为担心"吃亏"，他们还想了个可笑的法子：把整套的缎纹衾褥和玻璃摆件拆分开来。他们宁可把一幅挂毯切成两半，也不愿让其中一方独享；宁可拆散所有成套的物件，也不愿让某一方分得更多。这便是他们所谓的追求公平。他们此生都将以冠冕堂皇的理由来粉饰内心的龌龊……不，这一句不该保留。谁知道他们会不会与我一样，深陷于并非心之所向的迷狂中呢？

他们是如何看待我的呢？或许会觉得我失败了、让步了，觉得击溃了我。可他们每次来访，又表现出了十足的尊敬与感激。当然，他们还是不太信我。尤其是于贝尔，他经常观察我，心中依然存疑。他不敢相信我就这么缴械投降了。放心吧，可怜的孩子。从我回卡莱斯调养那日起，便已不再那般骇人。现在嘛……

道旁的榆木林与草场的杨树林相映生辉，勾勒出一幅辽阔无垠的画卷。那错落黯淡的笔触间，雾霭沉沉：那是云霭，是草木燃烧的烟尘，也是酣饮甘霖的大地氤氲的水雾。此时，秋色潋滟，葡萄上挂满晶亮的雨露。8月那一场场骤雨中冲走的损失，已然无可挽回。然而，对我们来说，或许永远不算太迟。我需要反复告诉自己一切还不算太晚。

回到这里的第二天，我便踏入了伊莎的卧房。这并非出于思恋，不过是打发时间罢了。这种无拘无束的乡间生活，我也不知该喜还是该忧。正因如此，我上楼后才推开了楼道左边虚掩的第一扇门。屋里窗户大开，衣橱和五斗柜也都敞着。仆役已做完清扫，阳光涌满房间，连最微末的角落也没放过，那抹魂灵残存的气息已被它吞噬殆尽。9月的午后，睡醒的苍蝇在耳畔嗡嗡乱舞。椴树葱茏浑圆的冠顶，仿若一颗颗随风拂动的果实。青冥浩荡，深幽的蓝纹染透了九霄。在睡意蒙眬的峰峦尽处，天色却转而淡薄。在我瞧不见的地方，传来一阵少女的嬉笑。葡萄园里影影绰绰地晃着几顶遮阳帽：葡萄采摘季开始了。

然而，在伊莎的房间里，生命的昳艳早已褪去。衣橱里摆着一双手套和一把小阳伞，看上去了无生气。我看向屋里的石雕老壁炉：炉架上刻着一柄草耙、一杆铁锹、一把镰刀和一捆麦穗。过去，粗壮的树枝都能放进这些壁炉里烧。夏日，炉口会用巨幅的布艺彩绘屏风遮住。屋里的这扇屏风上绘着一对耕牛，幼时有一回我还因赌气在上面刺了数刀。屏风随意地搭在炉边，我想把它摆正，没想到它直接倒了，露出满是黑灰的方形炉膛。我突然想起孩子们对我说过伊莎在卡莱斯的最后一天。

"她烧了一大堆的信件。我们还以为壁炉什么时候生了火呢……"

我知道，正是那一刻她预感到了大限将至。我们无法既要挂心自身安危，还要关注他人的生死。在我确信自己再过不久就要离世时，又怎会在意伊莎的血压呢？"无关其他，就是年龄大了。"愚蠢的孩子们总这样说。然而，在她燃起烈焰的那一天，便已知晓死期不远了。她想要彻彻底底地消逝，连最琐屑的痕迹也被抹去了。风微微扬起炉膛里灰色的碎屑。火钳依然放在壁炉和墙面的缝隙中，我把它拿了起来，在这堆灰烬之中，在这片死寂之下，翻搅了起来。

我就这么找着，仿佛此间藏着我生命的秘密一般，也是属于我们两个人的秘密。随着火钳的深探，灰烬越发浓厚。我找到了几张残存的碎纸，都是因纸页太厚而幸免于难的。但也不过是些难以识别的断句残章罢了。这些文字都是出自同一人之手，笔迹颇为陌生。我的手因激动而颤抖。在一张沾满黑灰的小碎片上，我认出了"安宁[1]"两个字，上方还画着一枚小小的十字架，标注日期为"1913年2月23日"，此外还有"亲爱的女儿"这些字眼。其他碎纸上的文字，我也用心辨认了一番，想在这些焚毁碎片的边缘之上重构几个字符，却只得到了这么一段话：

"您对这个孩子心生恨意，并不是您的错。只有当您被恨意支配时，才是戴罪之人。然而恰好相反，此时您抵御着……"

经过多番尝试，我又得出了这些话：

"……贸然评判死者……他对吕克的爱并不意味着……"

剩下的文字都被煤灰沾污了，只能看到一句：

"原谅吧，即便您不知该原谅什么。赐予他吧，把您的……"

这些文字的内涵，我以后有时间会去思考，此刻我只想找出更多内容。我弓着背继续搜寻，这个糟糕的姿势十分有碍呼吸。忽然间，我发现了一本人造革封皮的记事簿，初初望去完好无损，这令我心潮澎湃。可打开一看，里面所有内容无一幸免。在封皮的背页，只有几个伊莎手写的文字：心灵的花

1　此处原文为拉丁文"PAX"。

束。下面还有一行字：我的名字不叫审判者，我的名字叫耶稣（《耶稣基督对圣方济各·沙雷氏说》）。

下面还有一些摘录的文字，但已很难辨认。我弯腰屈背，无论对着这堆灰烬搜索多久都是枉然，再也找不出别的了。我起身，盯着这双脏污的手。在镜子里，我瞧见额头上染上了黑灰的痕迹。突然，我想同年轻时那样，下楼散散步。我飞快地下了楼，甚至忘了自己还有心脏病。

这是几周来我第一次踏入这片岑寂的葡萄园，果实早已毁去大半。眼前的景致轻盈、澄澈而丰稔，与过去玛丽用麦秆吹出的柔蓝气泡一般无二。在日炙风吹下，车辙与耕牛深踩的蹄印都干裂发硬了。我散着步，伊莎陌生的面目在我心间挥散不去。原来，她也曾受困于澎湃起伏的心潮，只有上帝方能救赎。这个忙碌于柴米油盐之中的女人竟是个翻滚在醋海之中的信徒。小吕克也曾惹她不快……这个女人竟会憎恨一个孩子……是为了自己的子女而嫉恨他吗？因为我更偏爱吕克？可她也厌恶玛丽奈特……是了，没错，她是因为我而煎熬的。我竟也能令她痛苦？简直荒唐至极！玛丽奈特死了，吕克死了，伊莎也死了，所有人都死了！消逝了！而我，这么一个老叟，却依然活着。我半个身子已湮没于他们的坟冢之侧，却还能因某个女人对我并非漠然而心醉不已。原来我也曾吹皱过她的一池心湖。

这着实可笑。事实上，我确实靠着一截缠着葡萄藤的木桩，独自笑了起来，胸腔微微起伏。高耸着教堂的村庄与种满杨木的小道皆笼罩于眼前这片苍茫的雾霭中。落日的浮光在这片微茫混沌的天地中凿出了一条金色的光路。我感受到了，看到了，也触摸到了我的罪业。这罪业并非全然源于那万恶的蛇巢：对孩子的恨意、对复仇的渴望和对金钱的痴迷。我的罪业还在于我拒绝在这团缠绕的蝰蛇之外找寻别的可能。我囿于这团阴毒的蛇结之中，将它视作我的心脏。我已无法分辨体内律动的声响，是我心房的泵动，还是那团蠕窜的长虫。在长达半个世纪的时间里，我所了解的自己皆非真实的自己。不仅如此，我还以己度人。我眼里看到的，唯有孩子脸上那点拙劣的贪婪。罗贝尔给我的愚钝印象，也在我脑中挥之不去。我从未想过，要撕开面目，要透过人的表象去触摸他们的内心。这本该是在我而立之年或不惑之年就悟出的道理。如今的我垂垂老矣，只有一颗沧桑老迈的心，在人生最后的秋日里，我眼睁睁地看着烟霭中微光浮动的葡萄园渐渐沉寂，眼见着它沉沉睡去了。我爱的人都已死去，能爱我的人也已消散。而活着的那些人，我既没有时间向他们奔赴，也没有气力再重新探索了。我身上的一切，我的声音、举止和笑容，无一不是为了创造这头抵御外敌的怪物而存在的。我的名字已然是它的象征。

洒金的落日下，我站在葡萄垄的尽头，靠在一截木桩边，面前是滴金庄园溢彩流光的草场。此时，我脑海中盘旋的就是这么些想法吗？我还要再提一桩插曲，或许正是这件事让上述的想法变得更为澄清。但在此之前，那晚回屋的路上，天地间的静谧祥和已然沁润我的肺腑。影子越拖越长，世间万物皆在吐纳自然的馈赠。远处，溟蒙的山峦，仿若蜷伏的肩膀。待夜雾弥漫之时，它们或许便会卧倒在地，伸展四肢，像人类一样酣然入梦。

我原本盼着回到家中便能见到热娜维耶芙和于贝尔。他们说好了要与我共进晚餐。这是我人生中第一次期盼他们的到来，第一次为他们的到来而感到欢欣。我迫不及待地要跟他们分享我的新生。我想了解他们，也想让他们了解我，连一刻都不想浪费了。在我有生之年，是否还有时间验证自己的发现呢？我要争分夺秒地奔向孩子的内心，我要跨越分离我们的一切障碍。这团蛇结终是斩断了。我要日行千里，瞬息破开他们的心门，让他们潸然地为我阖上双眼。

他们还未抵达。我坐在路边的长椅上，细听汽车发动机的声响。他们来得越迟，我对他们到来的期许便越深。我的宿怨又冒出头来：他们全然不在乎让我久等！我因他们而备受煎熬，他们却无动于衷，是故意的……我冷静了下来。他们未能如期而至，可能是因为某个我不了解的原因；若说他们的迟到恰好出于让我怨怼的那些原因，也太过荒谬了。餐铃响起，该吃晚饭了。我走进厨房，通知埃梅丽等一会儿再开餐。我坐在炉火旁的蒲草椅上，这些悬着火腿的黑色房梁下极少出现我的身影。一路走来时，埃梅丽和她的丈夫以及管家卡佐的大笑声大老远就传入了我耳中。待我进门之时，笑声却戛然而止了。他们对我的敬畏肉眼可见。我从不跟仆役说话，并非出于挑剔和严苛，而是因为我的眼里没有他们，我根本看不到他们。可今日，他们的存在让我觉得安稳了些。因为孩子没来，我想在厨娘平时剁肉的这张桌子的角落用餐了事。

卡佐溜走了。欧内斯特套上了白色上衣前来侍餐。他的沉默令我压抑。我想说点什么，但绞尽脑汁也找不出半句话来。对这两位在家中服务了二十年的忠仆，我一无所知。最终，我想起了他们那位嫁去索沃泰尔-德-吉耶讷的女儿。她以前常来看望他们，还会捎带一只兔肉。因为她在家中用餐的次数颇多，伊莎就把本应付给她的兔肉钱抵作餐费了。

我没有回头，急急地脱口而出：

"对了，埃梅丽，你的女儿还好吗？还待在索沃泰尔吗？"

她面色铁青，低下头转向我，睨了我好一阵后，说道：

"先生知道的，她早就去世了……到29号圣米歇尔节那天，就整整十年了。先生想起来了吗？"

她的丈夫依旧缄默，可投向我的目光是那般森冷。他以为我是佯装失忆。我支支吾吾地解释："对不起……我老糊涂了……"然而，同以往惊慌失措时一样，我笑了出来，情不自禁地讪笑了一声。这个男人开腔了，声音跟以往没有两样：

"先生，可以用餐了。"

我立即站了起来，前往昏暗的餐厅落座，对面仿佛坐着伊莎的亡灵。我现在的座位本是热娜维耶芙的，边上坐着阿尔杜安神甫，再旁边是于贝尔……我的目光在窗户和餐台之间游移，搜寻着玛丽坐过的高脚椅。这把椅子雅妮娜和她女儿后来也用过。我假装吃了几口饭。那个侍奉我的男人，他的眸色令我心惊。

客厅里已用葡萄枝条生起了火。与退潮时遗下的海贝一样，每代人消逝时都会在这个空间里留下些画册、匣子、银版相片和卡索油灯[1]之类的物什。壁桌上堆满了各种无人问津的

1　19世纪法国工程师贝努瓦·卡索发明的一种发条式油灯。

摆件。夜色中传来一阵沉郁的马蹄声，宅邸旁是葡萄压榨机的响动，此情此景令我心伤。"孩子，你们为什么没来呢？"这脱口而出的怀伤之语，若是被门外的仆役听到，定会以为客厅来了生人。因为无论是声音还是话语，这个人都与那位佯装不知他们的女儿已然离世的卑劣老叟大相径庭。

不管是妇孺还是主仆，所有人都联合了起来，与我的灵魂殊死搏斗。他们赋予了我阴狠的面目。我残忍地将自己困守在他们期待的姿态之中，裹挟于他们因仇恨而予以我的面貌之下。然而，到了六十八岁这一年，我却心生痴念，妄图逆水行舟，试图在他们眼中强行植入一个与我现在及过去都截然不同的新形象！我们只能看见自己习以为常的物事。可怜的孩子，在你们身上，我也只看得到这些。若是我还年轻，就不会有那么显而易见的褶皱，不会有那么根深蒂固的习惯。然而，即便身处青年时代，我也不认为靠自己便能打破这个魔咒——还需要一种力量的加持，我思忖着。一种怎样的力量呢？那是某个人的援手。是的，他得把我们所有人聚集起来，在我的家人面前为我灵魂的升华而正名；他需要为我做证，替我卸下和承受这份不洁的重担……

纵然是超群绝伦之人也无法独自学会如何去爱。要想不计他人的荒唐可笑、恶习缠身和蠢话连篇，就得习得爱的奥义，可它在世间早已失传。只要这个奥义未被寻回，所有改变人类境况的尝试都是徒劳。我原以为自己对经济与社会问题全都无感，是出于自私。实际上，我这头怪物虽然孤僻又冷漠，可心间仍存着一丝恍惚的信念：变革世界的面貌无济于事，直击灵魂方能成事。我寻寻觅觅，唯有一人可以帮我达成所愿。此人应是所有灵魂的归处，所有热灼爱意的焰心。希冀，或许已是一种祷告。这一夜，我差点就手撑躺椅、跪倒在地了。从前的夏夜，伊莎会做一样的动作。她的裙裾之侧，还匍匐着三个孩子。而我正从露台折回，蹑手蹑脚地走向灯火灼烁的窗口。我隐在黑沉沉的花园里，望着这群祈告的人。"上帝啊！我跪倒在您身前，"这是伊莎的祷词，"感谢您赐予我一颗识您、爱您的心……"

我静立于厅堂之中，心就像被击中一般，摇曳沉浮。我忆起我的一生，回望我的一生。不，面对如斯浊川，无人可以溯流而上。我心狠手辣，甚至寻不到半个挚友。但我暗自思量，这不恰好证明了我不是伪善之人吗？若是人人都同我一样，五十年如一日的率直，可能大家就会惊讶地发现，人与人之间其实相差无几。事实上，没有人立身处世时不戴面具，大家都一样。大多数人道貌岸然，佯装磊落，不知不觉间，会按照文艺作品中的经典形象或其他形式的典范来要求自己。圣人们知晓这个道理，因为了解自己，所以厌恶自己，也鄙视自己。若我不是那么肆意、那么坦率，从不加掩饰，也不会被人轻视至此。

这便是我那一夜的心绪。我在阴郁的客厅里漫无目的地游荡时，撞在了一套笨重的桃花心木和檀木的组合家具上。这些家具如同搁浅在家族历史沙洲中的一艘沉船，无数的躯体曾在这里倚靠和舒展，现如今，他们都已随风而逝了。孩子们缩在沙发上翻阅1870年的《世界画报》时，身下的布料被他们的靴子染脏了，有几块地方反复出现黑色的印痕，到现在都清晰可见。宅邸四周狂风大作，椴树的落木飞扬翻滚，某间卧房的百叶窗忘记关上了。

19

翌日，我焦心地迎候信件的抵达，在小径上徘徊瞻眺，就跟伊莎当年担忧孩子晚归时如出一辙。他们闹矛盾了？还是有人生病了？我惴惴不安。那见风是雨的模样，和伊莎没有两样。我魂不守舍地走在葡萄园里，因为满腹心事而对周遭的一切视若无睹。其实，我也留意到了自己的转变，还因心生忧思而颇为快意。雾霭中的世界并非一片寂然，就算目不能视，也能听见原野上的声响。园中的葡萄尚未腐烂，鹡鸰与斑鸠的啼叫四散在垄间各处。吕克小时候，在假期结束前，最喜爱的便是这些易逝的晨光。

于贝尔从巴黎寄来的只言片语，并不能让我心安。他说有个棘手的问题亟待解决，因而不得不仓促离去，待他后天归来时再与我详谈。我猜测他是遇到了税务方面的纠纷。他莫不是违法了吧?

虽然我答应过再也不会独自外出了,但当天午后,我还是没忍住,让人开车把我送到了火车站,买了一张前往波尔多的车票。热娜维耶芙如今住在我们波尔多的旧寓里。我走进门廊时,见她正在送一位医生模样的陌生人离去。

"于贝尔没告诉你吗?"

她把我带到我葬礼那日昏迷时所处的接待室。当我听说此事与菲力的出逃相关时,才松了一口气。这至少比我想象的要好多了。菲力和一个"拿捏住他"的女人私奔了。夫妻俩大闹了一场,雅妮娜已万念俱灰。这个小可怜深陷泥淖,难以自拔,连医生都无计可施。阿尔弗雷德和于贝尔一起去巴黎逮那个逃兵了。他们刚发回一封电报,说是已无力转圜。

"只要一想到我们答应了他那么大一笔生活费……当然,我们也留了后手,没有转给他本金,但定期转给他的生活费也相当可观了。上帝都知道雅妮娜在他面前有多卑微,他把她吃干榨尽了。我想到菲力曾断言你不会留给我们任何东西,他还就此威胁过要抛弃她。可现在你都把财产给我们了,他还是一走了之了。这又该如何解释呢?"

她站定在我面前,眉头紧锁,双目圆睁。而后,她又靠向暖气片，双手交扣，揉搓着掌心。

"自然是因为，"我说，"他看上了一个十分富有的女人……"

"大错特错！她是个声乐老师……这个人你也认识，就是那位维拉尔夫人。她年纪不小了，为人放浪，收入也只能勉强糊口。这又该如何解释呢？"她一再重复这个问题。

不等我回答，她又继续念叨起来。正在这时，雅妮娜走了进来。她裹了一件睡袍，把额头凑到了我面前，与我打招呼。她未见消瘦。沉郁又毫无美感可言的脸上写满了绝望，正因如此，这张面孔上曾让我反感的一切，在这一刻反而风流云散了。过去那个装模作样、虚伪造作的人，涤去了浮尘后，变得如此不染铅华。吊灯刺目的光照得她无所遁形，而她只是眨了眨眼，问我道：

"您都知道了？"而后，她坐在了躺椅上。

她是否听到了母亲的陈述呢？自从菲力走后，她是否一直这么听着热娜维耶芙这些没完没了的控诉呢？

"一想到……"

对于一个素来极少思考的人来说，如今的每段话都以"一想到"开场，着实让人愕然。热娜维耶芙说，菲力二十二岁那年继承了一笔不菲的遗产，但因为不学无术，这笔钱很快就被挥霍一空（作为一个遗孤，又没有近亲，所以无人能管束他）。尽管如此，他们还是同意了这门婚事。家里没人计较他的不羁……到头来，他就是这样回报的……

一股难抑的怒火在我心中升腾。我恶毒的老毛病又抬头了。她自己、阿尔弗雷德、伊莎以及所有的亲朋好友——这些人谁没对菲力死缠烂打过！谁没有千方百计地利诱过菲力！

"最稀奇的是，"我嘟囔道，"你竟然相信自己说的这些话。你应该清楚，你们当时是在这个小伙身后，追着他跑……"

"父亲，瞧你说的，你不会是要为他辩护吧……"

我表示自己并非要为他申辩，但我们也歪曲了事实，把他说得过于无耻了。或许在财产落定后，大家对他表现得过于冷硬了。因为我们十分笃定，从此以后他只能忍辱负重，绝不会扬长而去了。但生而为人，并不会真如我们所料那般卑微。

"一想到你竟然替这么一个抛妻弃女的卑鄙小人开脱……"

"热娜维耶芙，"我怒气冲冲地喊道，"你没理解我的意思，努力想想吧。抛妻弃女固然可恨，这项罪业有可能源于丑恶的动机，但也有可能是出于高尚的目的……"

"这么说，"热娜维耶芙执拗地说道，"在你看来，抛弃幼女和二十二岁的妻子，这样的行为叫作'高尚'……"

她走不出自己的逻辑，也完全理解不了。

"不，你简直无理取闹……要不就在装疯卖傻……在我看来，菲力反而显得没那么可鄙了，自打……"

热娜维耶芙喊叫着打断了我，说我是在借机羞辱雅妮娜，让我最好等她离去后再去为她的丈夫辩白。然而，这个开始到现在一言不发的孩子，用一种我所陌生的语调说道：

"妈妈，为什么要否认呢？菲力被我们踩到了尘埃里。你还记得吗？刚开始分家的时候，我们就把他制得死死的。没错，他成了一只任我驱使的宠物。哪怕他不爱我，我也不再觉得受伤了。我掌控了他，他是我的，成了我的所有物。只要我有钱，就可以吊着他的胃口。妈妈，这是你告诉我的。还记得吗？你说'现在你可以吊着他了'。在我们眼里，他就是个唯利是图的人，也许他自己也这样想。然而，怒火和自尊还是将他压倒了。他其实并不爱那个从我手里抢走他的女人，他离开时跟我坦白过，还朝我说了许多阴狠难听的话，就为了要我相信他说的都是事实。那个女人不会小看他，也不会贬低他。她是主动献身于他，而不是抢走了他。而我，是花钱收买了他。"

她就像在抗争一样，反复咀嚼着最后几个字。她的母亲耸了耸肩膀，但看到她潸然泪下的模样，又感到一阵宽慰："哭一场吧，可以畅快些……"她接着说道，"宝贝，别怕，他会回来的。狼饿了就得去觅食。待他吃够了苦头……"

我确信这样的言论只会让雅妮娜厌烦。我站了起来，拿起了帽子。因无法忍受和女儿像这样熬上一夜，我谎称已叫好了车，准备直接回卡莱斯。雅妮娜却突然说道：

"外公，带我走吧。"

她的母亲问她是否疯了，让她必须待在这里，因为执法人员还要找她处理一些事宜。再说，就算去卡莱斯她还是会"痛不欲生"。

热娜维耶芙跟着我走到了楼梯口，猛烈抨击了我，说我滋长了雅妮娜的痴情。

"承认吧，要是她能放下这个家伙，就大快人心了。我们迟早得想办法解除婚约。就凭她现在的身家，还怕找不到一桩好姻缘吗？但前提是，她得放下。你明明讨厌菲力，当着她的面怎么还赞赏起来了……啊！不行！她绝不能去卡莱斯！你再送她回来的时候，她肯定不像样了！在这边，至少我们还能替她排解一番。她会忘怀的……"

她至死也不会忘怀吧，我心想。或者她会永远带着这份不灭不减的痛苦，郁郁寡欢地活着。雅妮娜可能就属于我这位老律师颇为了解的那类女子：在她们身上，希望是一种沉疴，它无可救药，即便过了二十年，她们的目光依然如忠实的家畜一般定定地守着门口。

我回到了房间,雅妮娜还坐在那里。我对她说:

"孩子,只要你想来,随时欢迎……"

我看不出她是否听懂了我的话。热娜维耶芙也进来了,狐疑地问我:"你跟她说了什么?"后来我才知道,她怪我在这短短几秒钟的时间里就让雅妮娜"回心转意"了,也怪我为了打发时间,就"害得她百感交集"。下楼的时候,我脑海里还盘旋着这个年轻女子对我呼喊的那句"带我走吧"。她求我带她离去。关于菲力,我不由自主地说了些她内心想听的言论。或许,我是第一个没有伤害过她的人。

这是假日后的第一天,我漫步在波尔多火树银花的街头。总督大道的人行道上水雾氤氲,碎金荡漾。南法口音的交谈声盖过了电车的喧嚣。我儿时的气息已然消散,但在大钟门和杜弗尔-杜贝吉尔路附近的那些晦暗的街区,仍能找到些许踪迹:在某条昏暗小道的一隅,或许还能见着某个老妪的怀里抱着一口热气腾腾的锅,里面装有飘着茴香味的栗子粥。不,我不觉得悲伤。有人倾听我,理解我,我们心照不宣,这也算是一次凯旋。但是面对热娜维耶芙时,我还是失利了。面对如斯蠢钝的一个人,我确实束手无策。人们可以轻易地穿透最阴暗的罪行与邪恶,接近一颗生机盎然的灵魂,却无法越过一堵卑俗的高墙。那便算了吧!我已死心。毕竟我们不可能把所有坟冢上的石块都一一凿穿。若在有生之年我还能成功地打动一颗灵魂，就已是上天格外的眷顾了。

我在酒店住了一晚，第二天一早才返回卡莱斯。几天后，阿尔弗雷德来看我。我也由此得知，上次的拜访招致了灾祸。雅妮娜给菲力写了一封荒唐的信，她在信中独揽了所有过错，还自责不已，请求他的谅解。"女人干出来的事都一样……"这个肠肥脑满的小子对我不敢明言，但心里琢磨的一定是："她重蹈了她外婆的覆辙。"

阿尔弗雷德暗示我说，这场官司输定了，热娜维耶芙还把责任推给了我，她认为我是在刻意怂恿雅妮娜。我笑问我的女婿，我这么做的目的何在。他表达了对妻子观点的不以为然，因为在他妻子看来，我这么做是出于算计与报复，又或许纯粹是出于歹毒。

孩子们再也没来看过我。两周后，我从热娜维耶芙给我寄来的一封信中得知，他们迫于无奈，把雅妮娜关进了一家疗养院。这显然跟她疯癫与否并无关系。大家对此次的隔离疗法期待颇高。

我也一样离群索居，但并不苦痛。我的心从未感受过如此长久的安宁。在这半个多月的时光里，明媚的秋色流连于世间，木叶不曾惊落，玫瑰再次盛放。孩子又与我离心了，我本该难过。于贝尔只在跟我商讨正事时才会现身。他凛若冰霜，不苟言笑，虽对我依然恭敬，但始终严阵以待。孩子们怨我影响了雅妮娜，我之前的努力全都白费了。在他们眼中，这个老头什么事都做得出来，他又变回了阴险的对手。那个唯一可能理解我的人，也被关了起来，与世隔绝。然而，我却感受到了来自灵魂深处的平静。我虽身无长物，孤苦伶仃，且大限将至，却依然从容自若，心无旁骛，心明眼亮。忆起这悲戚的一生，已不会让我喘不过气来；那些冷落荒凉的岁月，已不是我心头的重负……仿佛我不再是个病笃的老叟，仿佛我的面前还有悠悠韶光可以辜负，仿佛占据我心灵的这份祥和是某一个人的面孔。

20

雅妮娜从疗养院出逃已有月余，其间一直是我在收留她。她依然病着，幻想自己是一场阴谋的受害者。她认为自己被囚是因拒绝控诉菲力，是因她不愿意离婚、不同意解除婚姻关系所致。其他人都以为是我煽动了她的情绪，我在教唆她与家人作对。然而，在卡莱斯的漫漫长日里，我对她循循善诱，为的就是打破她的虚妄与幻梦。屋外，树叶被雨丝卷落，堕入一摊污浊之中，碾作了尘泥。笨重的木鞋踩在砂石路上，一个男子头上顶着包袋在院中穿行。花园里木叶凋零，所剩无几的意趣都成了强弩之末：在无尽缠绵的雨帘中，光秃秃的千金榆和稀疏的灌木丛已摇摇欲坠。潮湿的夜里，房中枕冷衾寒，我们没有勇气远离客厅燃烧的热源。午夜的钟声响起，我们仍不愿上楼，那些被耐心垒起的柴堆也在灰烬中坍陷了。我还在不厌其烦地劝慰这个孩子，说她的双亲、手足和舅舅对她不会有半分恶意。我尽可能避免让她想起疗养院的事。话题总会回到菲力身上："您无法想象他是个怎样的人……您无法知晓他的为人……"单凭这些话，我无法分辨她对他是非难还是赏识，只有透过语调才能猜出她是在颂扬还是贬损。然而，不管是赞美还是谴责，她罗列的那些事实在我看来都不值一提。这个缺乏想象力的女人，在爱情的熏染下，奇迹般地拥有了指鹿为马夸大其词的能力。我了解你的菲力——不过是个在浮光掠影的青春里蹿起过一息焰火的人，实际上什么也不是。他像孩童一样，骄纵任性，养尊处优，无忧无虑。你说他光风霁月也好，心术不正也罢，又或者说他居心叵测也行。然而，他的所作所为都不过是下意识的反应。

他这样的人，只有觉得自己是强势的一方时，才能畅快呼吸。你们无法理解这一点。吊他胃口是行不通的。他这样的恶犬并不会因为吊起的"诱饵"而奋起直追，反而会投向被随意扔在地上的口粮。

即使这么远远地观望，这个可怜的女人还是没能读懂菲力。除了盼他归来的忐忑，除了眷恋遥遥无期的怀抱，除了满腹醋意和失去的惶恐，菲力对她而言，还意味着什么呢？

她看不到，闻不到，也触不到，只能慌乱地在他身后追逐。然而，对自己一心追寻的这个对象，她却一无所知……世上确实存在盲目的父亲吧？雅妮娜是我的孙辈。然而，即便她是我的女儿，我对她也不会改观：她无法从他人身上汲取任何东西。这个女人五官端正，体态臃肿，举止蠢笨，声音憨傻。别人一看便知，这是个既无法洞察秋毫，也无法澄思寂虑的人。然而，在我们一起度过的那些长夜里，我却觉得她美极了。这奇异的美感，伴随自她的绝望而来。难道这世上再没有一个男子会被这团炽焰吸引了吗？这个不幸的女人在黑暗中、在荒漠里寂寥地燃烧，除了我这个老朽，再无一人可以见证……

在那些悠长的围炉夜话中，出于对她的怜惜，我总是忍不住拿菲力跟世间的万千男子作比较。他与别人没什么两样，这只白蝶与凡尘中形形色色的白蝶并无二致。然而，只有他能激起雅妮娜的疯魔。因为他，她的世界已灰飞烟灭，不管是周遭世界还是内心世界。在雅妮娜眼中，在她一片荒芜的世界里，只剩下了这么一个男子：他已不复年少，除了好酒贪杯别无他好，还把爱情当作一件活计、一项负担和一场苦役……何其可悲！

薄暮时分，看到溜进来的女儿，雅妮娜依然无动于衷，只是偶尔用双唇亲吻她的鬓发。她并非不在意这个孩子,恰恰相反,正是因为她,雅妮娜才无法不顾一切地去追逐菲力(她本身是个会骚扰和挑衅丈夫的女人,也不怕跟他公然闹翻)。不,靠我是留不住她的,她留下来是为了孩子,可孩子并不能慰藉她的灵魂。夜晚,在等待开饭的时候,这个孩子常常会躲在我的怀里和膝头。在她的发间,我闻到了鸟巢的气味,这令我忆起了玛丽。我闭上眼睛,嘴唇贴着她的脑袋,苦苦忍耐着拥紧她的冲动。我在心中呼喊着我那死去的孩子。此刻,我又觉得自己拥抱的人是吕克。因为每次玩久了,她的身上总是咸咸的,就跟吕克脸颊上的气味一模一样。彼时,吕克要是跑累了,还会趴在桌上打盹……他总是等不及上甜点就要离席,满脸困倦地凑过来跟我们一一道别……我这样浮想联翩的时候,雅妮娜也在屋中漫无目的地游荡,她来来回回地走着,徘徊在情爱的歧路之中。

有一日夜里,我记得她问我:"到底要怎么做才能不那么痛苦呢?……您觉得这一切会过去吗?"那是个霜冻的夜晚。她打开了窗,推开百叶窗的窗板,额头和半个身子探出窗外,浸浴在冻白的月光之下。我把她拉回了炉火旁。素来不懂何为温存的我,笨拙地靠坐于她的身侧,单手搂住她的肩膀。我问她是否穷极了救赎之法：

"你有信仰吗？"

她似乎没理解我的意思，漫不经心地说道："信仰？"

"没错，"我继续道，"对上帝的信仰。"

她抬起头，脸上泛着灼意，狐疑地瞧了我一阵，最终表示不明白其中有何关联。在我再三的坚持下，她才说道：

"当然，我是个教徒，也尽到了本分。为什么问我这些？您在戏弄我吗？"

"你认为，"我继续道，"菲力配得上你的付出吗？"

她望着我，神色既阴郁又恼怒。每当热娜维耶芙不理解别人话中的含义时，或者因害怕坠入圈套而不知如何作答时，也会露出一样的神情。最后，她还是冒险地说道："所有这些都毫不相干……"她不爱把宗教与这些事混为一谈。她一向遵循教规，正因如此，才更反感这种欠妥的对照。所有教徒的本分她都已尽到。若再说下去，她定会用同样的语调表示自己还正常捐了税。

我毕生最厌恶的便是这个，只有这个。为了问心无愧地仇视宗教，我装傻充愣，把那些粗俗又可笑的行为和教徒庸常的琐事直接看作了这份信仰本身。生而为人，应敢于直面自己所憎之物。而我呢，我扪心自问，而我呢……在上个世纪末的那个夜晚，在卡莱斯的露台之上，当阿尔杜安神甫对我说出"您太好心了"的时候，我不就已然知晓我在自欺欺人了吗？再后来，我对玛丽弥留之际的话语充耳不闻。然而，恰恰是在她的床前，我窥见了死亡与生命的奥义……一个小女孩为了我而死去了……我却想将之忘却。我千方百计地丢弃这把解密的钥匙，可每当我遭遇人生的转折之时，总有一只神秘的手将之交还于我：就如，周日清晨，第一声蝉鸣响起之时，吕克弥撒归来后的眼眸……又如，那个下着冰雹的春夜……

那一晚，我思绪万千。我记得起身推开椅子时，因为用力过猛，雅妮娜都惊颤了。夜阑人静，卡莱斯一片沉寂。此刻的寂寥是那般浓稠，几近凝冻，麻痹了她的痛苦，也遏止了她的心伤。炉火将灭，她也毫不在意。屋里的温度骤降，她把椅子拉近炉膛，双脚几乎挨到了灰烬之中。那濒死之际将熄未熄的火焰诱惑着她的双手和额头。炉台上的一盏灯照亮了这个蜷缩成一团的滞笨女人。而我，就在她的身边，在这片明灭的火光里，在这个堆满桃花心木与檀木家具的屋子里，来来回回地踱着步。我围着这么一具人类的皮囊，这么一副黯晦消沉的身躯，万般无奈地徘徊着。"孩子啊……"我实在找不到合适的言语。

今夜,我写下这些文字之时,我感到一阵窒息,我的心如碎裂般难耐,全是因为这份爱意使然。而此刻,我终于知道了它的名字是多么沁人[1]……

---

[1] 原文为"ador…"并未拼写完全。此处应为"adorable",意为"令人喜爱的"。

于贝尔写给热娜维耶芙的信

193×年12月10日 卡莱斯

亲爱的热娜维耶芙：

这周，我完成了文件整理的事宜。这里的每个抽屉都塞得满满当当。但我还是得立即把这份奇怪的文件寄给你。父亲死在书桌前的事你是知道的。11月24日早上，埃梅丽发现他的脸贴在一本打开的笔记上。我给你用挂号信寄来的就是当天发现的这本笔记。

你可能会跟我一样，觉得辨读这些文字十分艰难……但也多亏了这些字迹，仆役们没能读懂。起初，出于对你的关切，我并不打算让你看到它。因为我们的父亲在提及你时,使用的言语尤为冒犯。但是对于这么一份同属于我俩的物件,我哪里有权让你蒙在鼓里呢?你了解我,只要事关父母的遗产,事无巨细,我向来严谨。所以,我又改了主意。

况且,在这些怨毒文字的攻击下,也无人可以幸免吧?可惜!里面记录的都是我们早已心知肚明的事,没什么新鲜的。父亲对我的蔑视让我的青春时代苦闷不已,我陷入了长久的自我怀疑中。在那道冷酷的目光下,我瑟缩不前。花了好几年的时间,我才最终发现了自身的价值。

但我原谅了他,甚至可以说,我寄给你这份文件也是出于对他的孝心。无论你如何评价他,无论他在这些文字中展露了多么丑恶的内心,不可否认的是,透过这些文字,他所呈现出来的面目已截然不同。我不敢说变得更加高尚,但确实更有人情味儿了(尤其是他对我们的妹妹玛丽以及小吕克的情感,你能在这里找到许多动人心魄的明证)。那日,他在母亲棺前流露的悲恸,当时令我们愕然,可如今的我已心领神会。在你看来,他当日有表演的成分。哪怕只是为了看看在这个冷酷无情又目中无人的人身上长着一颗怎样的心,也值得你耐心地把它读完。然而,亲爱的热娜维耶芙,于你而言,这确实无比艰难。

坦白说，这份自白让我的良心得到了抚慰，你读完后应该跟我有一样的感受。我为人谨慎，就算有一千种理由劝服自己那是我的合法权利，但只消一件小事就足以令我心惊。道德感太强，让我的生活举步维艰！生活在父亲的厌恶之下，只要我加以抗争，即便有无比正当的理由，依然会让我不安，甚至悔恨。若我并非一家之主，对家族的体面和子孙的财富也不负有责任，我宁可放弃争来抢去，也不愿经历家人间的分裂与斗争。这些事你应该也见过不止一次了。

感谢上帝，父亲在他指引下留下的这些文字恰好可以为我正名。首先，它证实了我们的料想，他确实早有预谋剥夺我们的继承权。为了同时拿捏诉讼代理人布吕和那位罗贝尔，他手段高明，花样迭出。读到那些文字的时候，我都忍不住汗颜。让我们为这些无耻的行径盖一件诺亚的外袍[1]吧。无论如何，我都有责任去颠覆这些奸计，我也成功做到了，对此我并不愧疚。我的妹妹，毋庸置疑，你能拿到这份财产得归功于我。在这个不幸之人的自白中，他竭力逼自己相信对我们的恨意骤然消逝了，他还因自己突然淡泊了尘世浮华而自我陶醉（我承认

---

1 出自《创世记》。诺亚赤身醉倒，两个儿子为他盖上了一件外袍，为避免见到父亲的裸体，倒退着进去。

读到此处时忍不住笑了)。但请你注意,这个突兀转变的时间节点,此事恰好发生在他的私生子向我们泄密之后,彼时他的计谋已然败露。要让如此巨额的财富凭空消失,十分不易;筹谋多年的计划一夕覆灭,短时间内也找不到接替之法。所以,真实的原因是:这个可怜虫自知大限将至,可天意令他图穷匕见,他没时间了,除却先前的方法,他也实在想不出还能如何才能剥夺我们的继承权。

作为一名律师,他不愿在我们面前认输,内心还想逞能。于是急中生智想了个主意。我得承认,他并非全然有心,而是有意无意地把这场失利转化成了道德上的胜利,还表现出无私与超脱的样子……唉!不然还能如何呢?不,在这件事上我是不会被他蒙蔽的。我相信,若你理智尚存,也绝不会认为我们该对他推崇或感恩吧。

但从另一个层面来说,正是这些自白文字才让我彻底释怀了。今天,我可以坦然地说,我曾十分认真地反省过,有很长时间都无法抚平这颗不安的心。我不安的是咱们有意请专家诊断父亲精神状态这件事,当然最后未能成行。不得不说,我会为此事烦心主要是因为我的妻子。你知道的,她这个人极为沉不住气,我也从不把她的意见当回事儿。然而,有个人在我耳边日日夜夜、反反复复地念叨,我还是为此乱了心神。最后她让我相信了：这个名声在外的商务律师，这个诡计多端的理财专家，这个深不可测的心理分析师，而今风采依旧……为了继承遗产而想方设法把父亲关起来的孩子，可能确实容易遭人白眼……我在这里无可讳言……可我确实也为此在无数个夜里辗转难眠，这一点上帝可以做证。

亲爱的热娜维耶芙，这本笔记，尤其是最后的那些文字，它们赫然证明了这个可悲的人确实患有间歇性被害妄想症。在我看来，他的病情已十分棘手，就算把这番自白交给精神病专家去研究也并不为过。可惜，我有责任立即把它埋藏起来，避免将它露于人前，因为这些文字对我们的子孙来讲十分不利。我也得赶紧提醒你：阅后即焚。绝不能让它落入外人之手。

我们一向对族中事务守口如瓶，为了防止对外泄露那人的精神状态给我们造成的困扰，我殚精竭虑。因为不管怎么说，他到底是一家之主。亲爱的热娜维耶芙，可你别忘了，这个家里还有一些外人，他们可不会替我们保密，也不会如此谨慎。尤其是你那卑劣的女婿，他在外散布了不少有关此事的危险言论。如今我们算是吃尽苦头了。你必定已听说坊间的传闻，由于菲力的造谣，很多人把雅妮娜神经衰弱的事与我们那位父亲的乖戾行径联系了起来。

所以，撕毁这些文字吧，不要跟任何人提起，就算是我们之间，也得闭口不谈。这么做，我确实是有些遗憾的。这里头有好些心理描写，甚至还有对自然的感悟，无不证明这位演说家确实拥有写作的天赋。如此说来，便更应销毁了。说不定哪天我们的某个子孙就拿它出版了呢？简直无法想象！

但你我之间是可以开诚布公的。读完它，父亲的半疯半痴便能盖棺论定了。你女儿曾说："外公是我见过的唯一一个信徒。"我本以为这是她病中的痴言妄语，现在倒是理解了。这个可怜的孩子被那位妄想病人编织的幻梦和恍惚的渴盼给愚弄了。那个与家人为敌之人，他仇视一切，没有挚友，在情爱上也很坎坷（你会看到一些可笑的细节描述）：他不但无法容忍自己的妻子在少女时期的一点朦胧暧昧，还心生醋意。这样一个人在生命的收梢，会渴望从祷告中寻得慰藉吗？我绝不相信。那些文字展现出的就是精神错乱的典型病症，是被迫害的妄想和对宗教的妄想。你可能会问，他身上丝毫没有受基督教义熏陶的痕迹吗？我的答案是没有。我对教义规范如数家珍，十分清楚他的症结所在。坦白说，这种伪神秘主义的行径令我作呕。

可能从女性视角来看，会有不同的感受吧？若你对他的宗教狂热感到动容，就回想一下他操弄仇恨的神通吧：他绝不会看上任何不能挫败他人的事物。他之所以显露自己对宗教的向往，只是为了直接或间接地嘲弄母亲从小灌输给我们的思想；他投身于混沌的神秘主义，是为了进一步压制我们在家中一向信奉的那种平和理性的宗教。真理在于平衡……这些思考我就不展开了，就算我说了，你也理解不了。我说得够多了，你还是从笔记中寻求答案吧。真想快些听到你的感悟。

亲爱的热娜维耶芙，剩下的篇幅，我还是来答复你提出的那些紧要问题吧。我们正处在一场经济危机中，亟须解决的问题确实令人忧心。若是我们把这些钱都存进保险箱，往后便得坐吃山空了。那确实糟心。可反之，若我们把钱都投入交易所去买股票，获得的股息可能还抵不上持续蒸发的市值。既然无论如何都要亏损，我们还不如攥着法兰西银行发行的现钞，这样更为稳妥。虽然现在一法郎只能兑换四个苏[1]，但是毕竟还有巨额的黄金储备来为它兜底。在这个方面，父亲的真知灼见值得我们学习。亲爱的热娜维耶芙，当下你需要竭力压制投资的欲望。不管不顾地参与投资，这也是法国人根深蒂固的一种欲望。往后的日子，我们得省吃俭用了。我也随时恭候你的叨扰。虽然时运不济，但机遇也可能瞬息而至。最近，我正在密

---

[1] 法郎和苏都为法国原货币。

切关注一支奎宁酒和一款茴香酒。这类生意并不受经济危机的影响，在我看来，咱们可以大胆地把目光投向这个领域，当然也要审慎行事。

获悉雅妮娜的好消息，我十分欣慰。眼下倒用不着为她过于虔诚地信教而忧心，重要的是她终于不再一心想着菲力了。至于其他事，她终会想通的：哪怕遇见了世间至美，她也不会是沉溺其中的那类人。

亲爱的热娜维耶芙，咱们周二见吧。

你挚诚的兄长

于贝尔

雅妮娜写给于贝尔的信

亲爱的舅舅：

我写这封信是为了请您给我和妈妈做个评判，看看我和她究竟孰是孰非。她不愿意把外公的"日记"拿给我看。听她的意思，无论我对他有多崇拜，在看完这本日记时都将烟消云散。既然她强烈抵触让我失去这段珍贵的回忆，为何还要在我面前反复念叨："你无法想象他对你的评价有多恶毒，连你的外貌都没放过……"最令我诧异的是，她还急迫地给我展示了您对该日记寄来的评语，即那封绝情的信件。

妈妈没架住我的缠扰，最后松口了。她表示只要您同意便拿给我看，她全听您的。所以，我才来求您发发善心。

请允许我先排除她反对我看的第一条理由，即有关我的那些评价。因为我敢确信，外公在这些文字中对我的评价，绝不会比我自身的评价更低微。更何况，我在卡莱斯与他一起度过了一整个秋天，陪着他走到了生命的终点。面对这样一个不幸的女人，他也不会太过冷酷。

舅舅，原谅我在一件要事上与您意见相左。毕竟在外公一生的最后几周里，我是他心态蜕变的唯一见证人。您曾声称，他对宗教的狂热捉摸不定、居心不良，但我可以明确告诉您，他与卡莱斯的本堂神甫曾有过三次交谈（一次在10月底，还有两次在11月），我不明白您为何不去听听神甫的说辞。听妈妈说，在这本日记中外公记录了许多细微的琐事，却对那几次交流未着笔墨，若那些会面真的是他心境转变的契机，他至少该留下只言片语吧……可妈妈也说，日记是戛然而止的，他连最后一个字都未写完。由此可见，他还未及陈白，死神就猝然而至了。您可能还想强词夺理，说他若已得到宽恕，早该去领受圣体了。但我很清楚，这个可怜人在去世的前两日还反复念叨此事，他总觉得自己不够资格领受圣体，打算等到圣诞节再说。您为何不信我的话呢？为何把我当成一个囿于幻想之人呢？此事千真万确。他去世的前两日，也就是周三那天，在卡莱斯宅邸的客厅里，他还同我说起对这个圣诞节的渴盼。他的声音充满焦灼，或许已然知晓生命之火将要燃尽……

舅舅，放心吧，我无意把他看作圣人。我跟您一样，认为他很可怕，有时甚至觉得他很可憎。但不可否认，在他生命最后的辰光里，身上却笼着一层奇异的光。那时，是他，也唯有他一人，双手捧住我的脑袋，想方设法地让我转移注意力……

您是否想过，若我们并非如今的模样，他也可能拥有另外的面孔？别怪我怨您。我了解您的品行，也知道外公对您和妈妈极为不公。然而，所有不幸的根源是他错把我们认成了基督徒中的标杆……对此您无须辩解。自他走后，我见过许多基督徒，他们或许各有不足、各有所短，但为人处世皆源自信仰，一举一动都浸浴上帝的恩泽。若外公是同这些人一起生活的，可能早在许多年前就已找到那片应许之地，何必等到死亡的前夜才得以抵达。

再次申明，我无意为了那位无情的家长来怨怪我们整个家族。我更不会忘记，若非他长久以来有心放任仇恨的肆虐，可怜的外婆一生的操行就早该令他痛涤前非了。然而，让我告诉您，为何即便如此，我依然认为他对我们的敌意情有可原：因为财宝在哪里，我们的心便在哪里[1]，我们的眼中只有那些蒙受

---

1 《马太福音》第 6 章第 21 节。表达了人心永远围着自己眼中最宝贵的东西打转。

威胁的财产。当然，想解释这一点，我们怎么说都行。毕竟您是个生意人，而我不过是个粗鄙的女人……但无法否认，在这个家里，除了外婆，其他人的行为处事与自己奉行的道德准则皆背道而驰。我们的思想、渴求和行动，没有一项能同我们口口声声崇奉的信仰联系起来。我们一心扑在世间俗物上，而外公……若我坚定地告诉您，他的心并未围着他的财宝，您能理解吗？我发誓，在大家不让我看的这些文字之中绝对会有关于这一点的明证。

舅舅，我盼望您能理解我，满心期待您的答复……

雅妮娜

蛇结

作者_[法]弗朗索瓦·莫里亚克　译者_顾琪静

编辑_白东旭　装帧设计_@broussaille 私制　主管_黄圆苑
技术编辑_陈皮　印制_梁拥军　策划人_李静

营销团队_杨喆 刘冰 陈丹妮　物料设计_山葵栗

果麦
www.goldmye.com

以 微 小 的 力 量 推 动 文 明

图书在版编目（CIP）数据

蛇结 /（法）弗朗索瓦·莫里亚克著；顾琪静译.
成都：四川文艺出版社，2025.4（2025.5重印）. -- ISBN 978-7-5411-7222-9

Ⅰ. I565.45
中国国家版本馆 CIP 数据核字第 20258F8N71 号

SHE JIE
蛇结

[法] 弗朗索瓦·莫里亚克 著　顾琪静 译

出品人	冯　静
责任编辑	陈雪媛
特约编辑	白东旭
装帧设计	@broussaille 私制
责任校对	段　敏
出版发行	四川文艺出版社（成都市锦江区三色路 238 号）
网　址	www.scwys.com
电　话	021-64386496（发行部）　028-86361781（编辑部）
印　刷	河北鹏润印刷有限公司
成品尺寸	127mm×184mm
开　本	32 开
印　张	7.5
字　数	130 千
版　次	2025 年 4 月第一版
印　次	2025 年 5 月第二次印刷
印　数	10,001—15,000
书　号	ISBN 978-7-5411-7222-9
定　价	58.00 元

版权所有·侵权必究。如发现印装质量问题，影响阅读，请联系 021-64386496 调换。